搭上超快速的「閃亮號」
海邊出發啦！
當然囉，佐羅力大師。我們是為了得到那個，才搭上這輛列車的呀。
好好確認過目標的三人，通過了驗票閘門，匆匆忙忙奔向月台。
好——出發了！
是！
遵命！

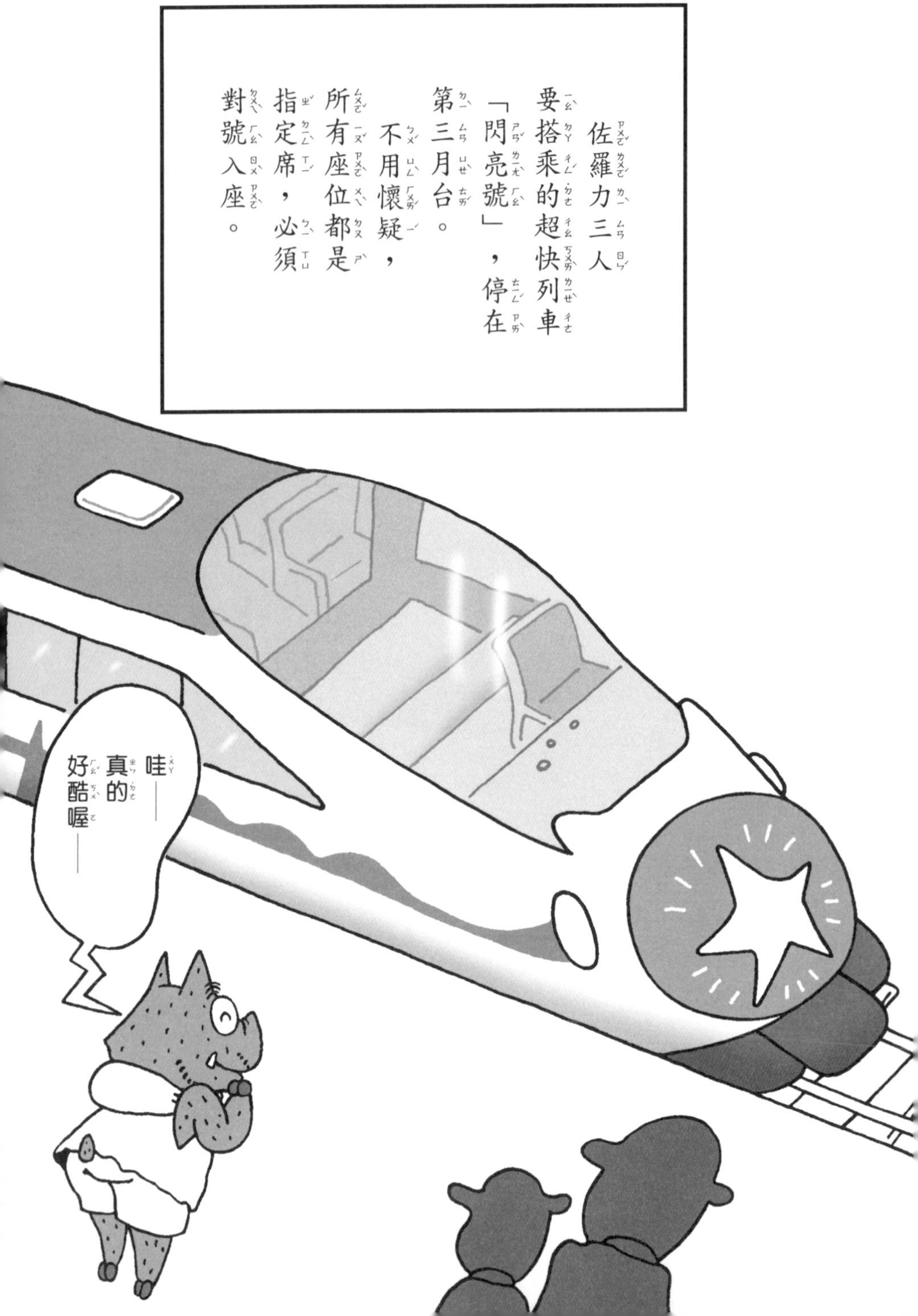
佐羅力三人要搭乘的超快列車「閃亮號」，停在第三月台。
不用懷疑，所有座位都是指定席，必須對號入座。
哇——真的好酷喔——

怪傑佐羅力之
恐怖超快列車

文·圖　**原裕**　譯　周姚萍

嗯，我們的座位在哪兒呢？
我想跑到最前面看風景耶——
佐羅力手上拿著車票，一邊東張西望，尋找著他們三人所要搭乘的車廂——

沒想到，
他卻突然被踢開。
眼前出現的
是有錢人荷馬莉絲夫人，
她踩著保鑣所鋪的紅毯。
套裝上裝飾點綴著
華麗的刺繡與
串珠編織；
脖子上掛著足足繞了
三圈的大珍珠項鍊，
一走動就發出
喀啦喀啦的聲響；
手指頭上更戴了
前所未見的巨大鑽戒。

這節六號車是特別包廂，被我們包下來了，其他人全到一邊去。
灑著玫瑰花瓣的保鑣
在夫人所經之路先鋪上紅毯的保鑣

保鑣說著，散發著濃濃香水味的荷馬莉絲夫人則走上了列車。

佐羅力看著這情景，

「喂，我們也從這個門進去囉。」
荷馬莉絲夫人走上列車後，佐羅力和伊豬豬、魯豬豬也上車了。

當然，他們三人是走進旁邊的五號車。佐羅力訂位時，還刻意選了與特別包廂最接近的位置。

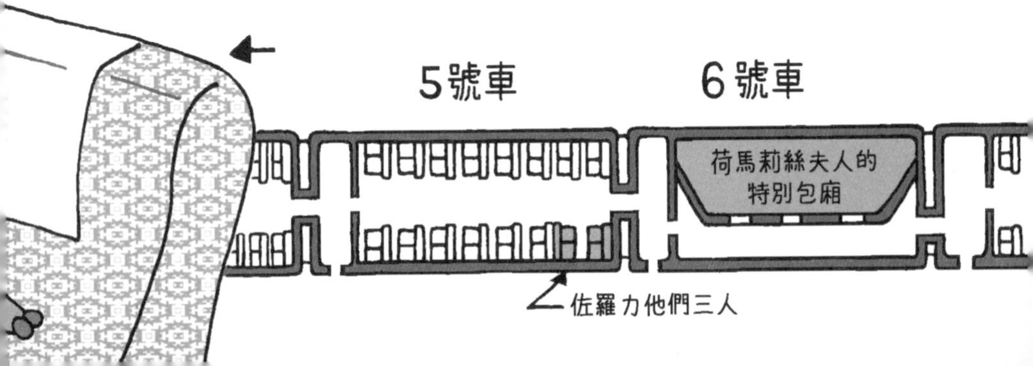

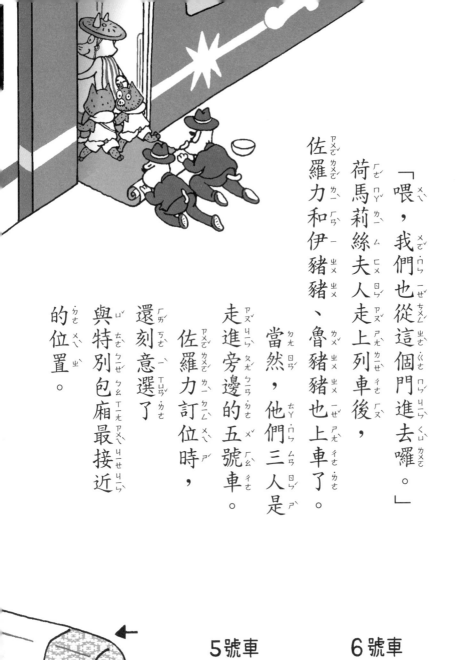

佐羅力他們一坐下來，就聽到隔壁的特別包廂，傳來服務員的說話聲。

荷馬莉絲夫人——承蒙您在這次的旅程，特別包下這個車廂，真是衷心感謝。
呵呵呵，我買了一棟大約能裝下五個東京巨蛋的小小別墅，就在高級避暑勝地重井澤車站旁。那個車站是接下來的第幾站呢？
是的，重井澤車站是接下來的第四站，特別提醒您……

佐羅力豎起耳朵，仔細聆聽列車服務員所說的話。

「停車時間只有一分鐘而已。」

「唉，這下可麻煩了，我們的行李多得不得了呢！我可以付錢，能不能將停車時間延長為五分鐘呢？」

「真是非常抱歉，我們無法更動列車的啟動或停車時間，有勞夫人在接近重井澤車站時，提早做好下車準備。」

「那也沒辦法啦。還好本夫人僱了四個身強力壯的保鑣，所以應該不會有問題的啦。」

佐羅力聽了這些對話後，
對伊豬豬和魯豬豬說：
「喂，重井澤車站的停車時間
只有一分鐘。車子一停，
馬上下月台將那個弄到手，
然後立刻回到這輛列車上，
知道了嗎？」
當伊豬豬和魯豬豬點著頭時，
佐羅力看到窗戶閃過一個人影，
因而猛的從座位上站起來，

跑向列車門那兒，
探出頭向月台四處張望。
他看到老虎海盜
登上特別包廂，
另一頭的七號車。
就在這時，
列車的
發車鈴
響起，

鼠帝也隨後
登上同一節車廂。
（難道他們也和
本大爺一樣
瞄準同一個
目標……？）
佐羅力的後背
開始冒出了
冷汗。

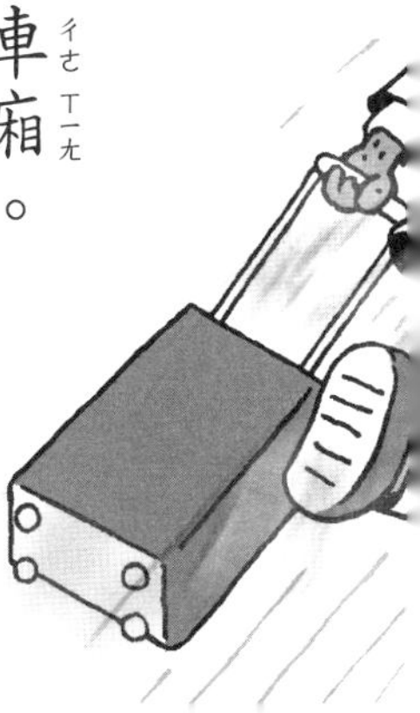

原裕

○各位親愛的讀者，你們認識老虎海盜和鼠帝嗎？為了讀過卻忘記，還有第一次看到這兩個角色的讀者，就讓我來介紹一下吧。

老虎海盜

○他曾設下陰謀，奪取海盜船，好成為一船之長；也曾在準備以騙人的魔法攻占村莊時，遭到佐羅力阻撓，因而恨佐羅力恨得牙癢癢的。老虎海盜還曾想搶走佐羅力所發現的寶藏，可說是個不折不扣的大壞蛋。

要是大家閱讀了「怪傑佐羅力」系列中的這些書，

- 《海盜尋寶記》
- 《神祕魔法少女》
- 《神祕魔法屋》
- 《神祕寶藏大作戰》上
- 《神祕寶藏大作戰》下

就能認識老虎海盜。

鼠帝

○他偷竊成癖，卻把自己所犯的罪推到佐羅力身上，然後腳底抹油溜了，是個老奸巨猾的小偷。

大家閱讀了「怪傑佐羅力」系列中的這些書，

- 《名偵探登場》
- 《偷畫大盜》

就可以認識鼠帝囉。

這老奸巨猾的兩位，是經常讓佐羅力
感到頭痛的對手。
他們與佐羅力搭上同一班列車，
只是巧合而已嗎？
此時，發車的鈴聲已經
停了。
「閃亮號」像滑行似的駛離月台，
開始在軌道上奔馳。
此外，在這輛列車的——

車頂上，還有兩個可疑的人影埋伏在那兒。

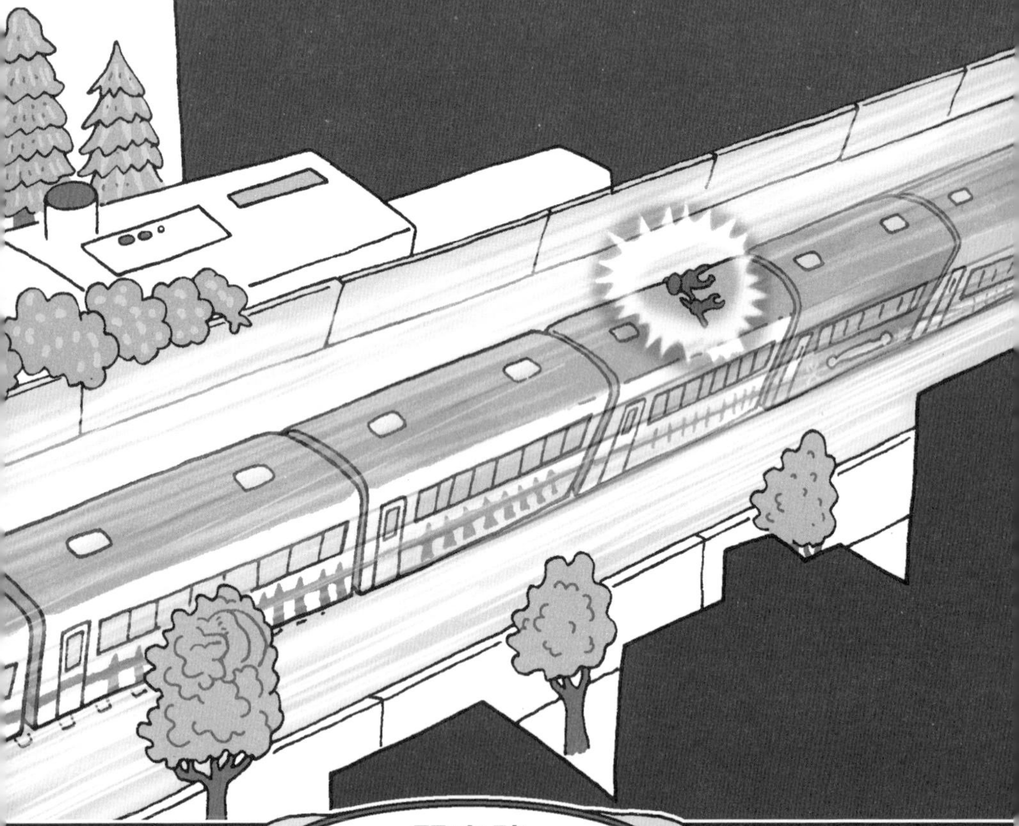

閃亮號座位表

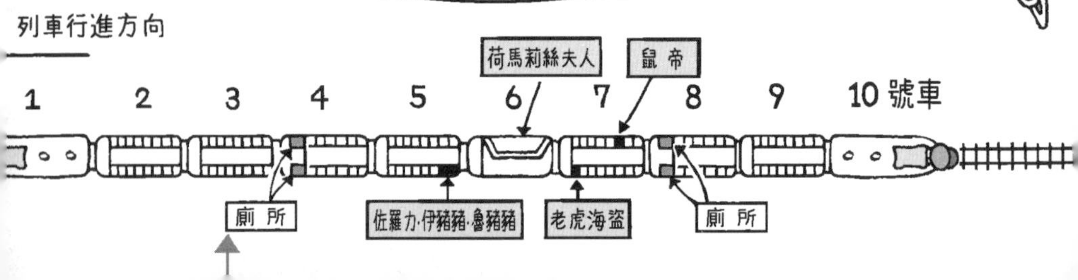
列車行進方向
荷馬莉絲夫人
鼠帝
1
2
3
4
5
6
7
8
9
10 號車
廁所
佐羅力·伊豬豬·魯豬豬
老虎海盜
廁所

乍看，這輛開往
南方海邊的
「閃亮號」，
氣氛十分寧靜祥和，
但接下來
到底會
發生什麼事情呢？

佐羅力這兒的狀況又如何呢？當他看見老虎和鼠帝的身影後，內心就十分焦慮。

要是他們兩個所覬覦的目標與自己相同，而且，東西又全被他們先拿走的話，那麼，千辛萬苦搭上這輛列車，不就毫無意義了嗎？

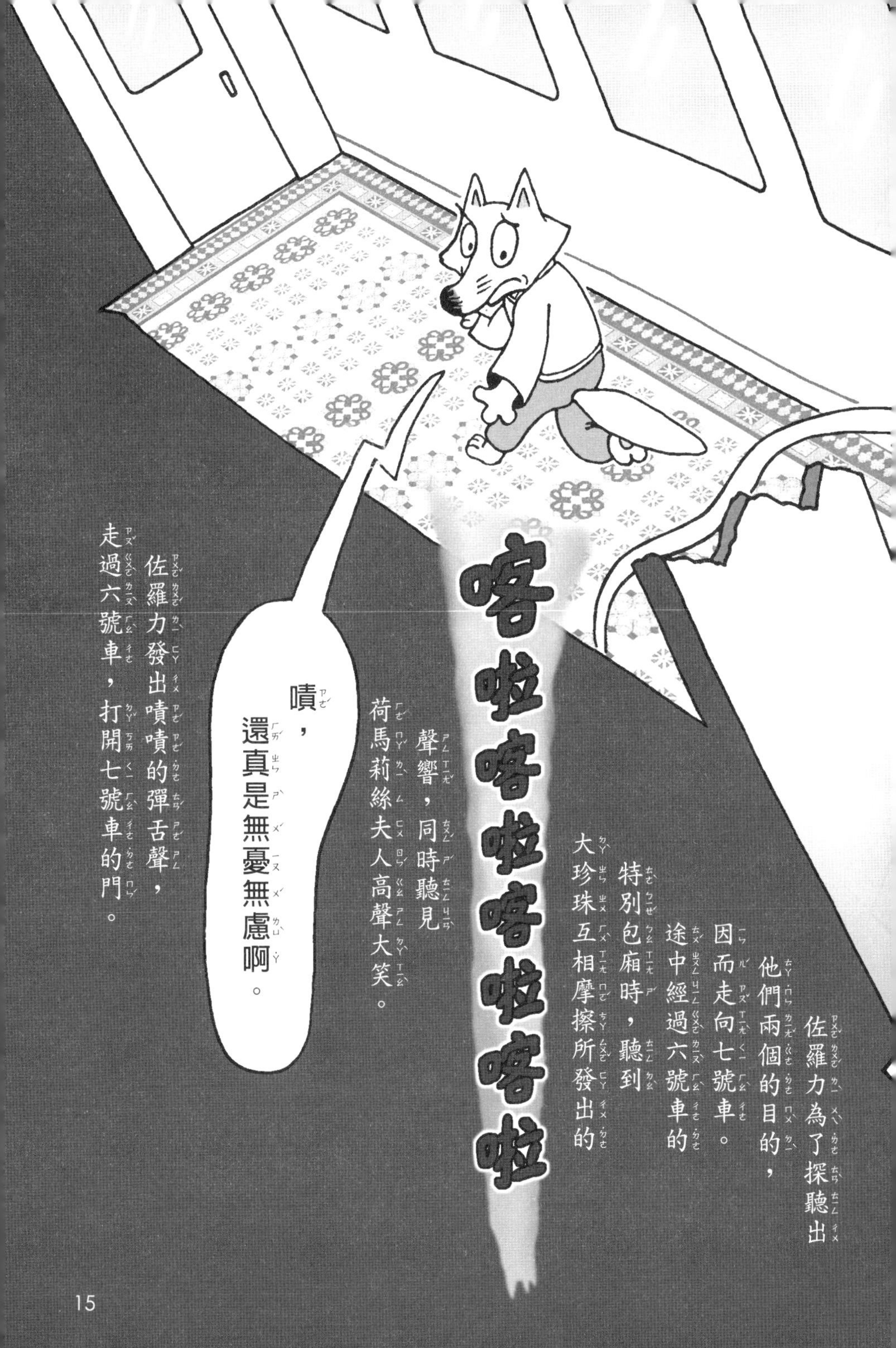

佐羅力為了探聽出他們兩個的目的，因而走向七號車。途中經過六號車的特別包廂時，聽到大珍珠互相摩擦所發出的

聲響，同時聽見荷馬莉絲夫人高聲大笑。

佐羅力發出嘖嘖的彈舌聲，走過六號車，打開七號車的門。

老虎坐在最靠近門的座位上，

嘿，這不是佐羅力嗎？你們也是要去海邊嗎？
啊、啊——老虎。對啊，稍微去避一下暑。話說回來，這個座位好像會聽到隔壁包廂很吵鬧的聲音喔。
啊，那是荷馬莉絲夫人，她好像要在第四站的重井澤下車，所以很快就會變安靜了。那個站的停車時間只有一分鐘，要將夫人那麼多的行李搬下車，很累人的。吼哈哈哈哈。

佐羅力一邊跟著發出哈哈笑聲，一邊走開了，然而，他的內心可一點都不平靜。

（唉！老虎那傢伙坐在離包廂最近的位置，甚至連荷馬莉絲夫人和重井澤停車時間的事，都一清二楚。他心裡所盤算的，一定和本大爺一模一樣。）

佐羅力又走向車廂尾端，並發現了視線完全黏在書本上的鼠帝。

佐羅力輕手輕腳繞到他的後方，睜大眼睛仔細一看，

鼠帝正盯著旅遊導覽書上介紹重井澤的那一頁，頁面上寫著停車時間一分鐘的地方，還用紅筆圈起來。

這下，絕對錯不了啦。

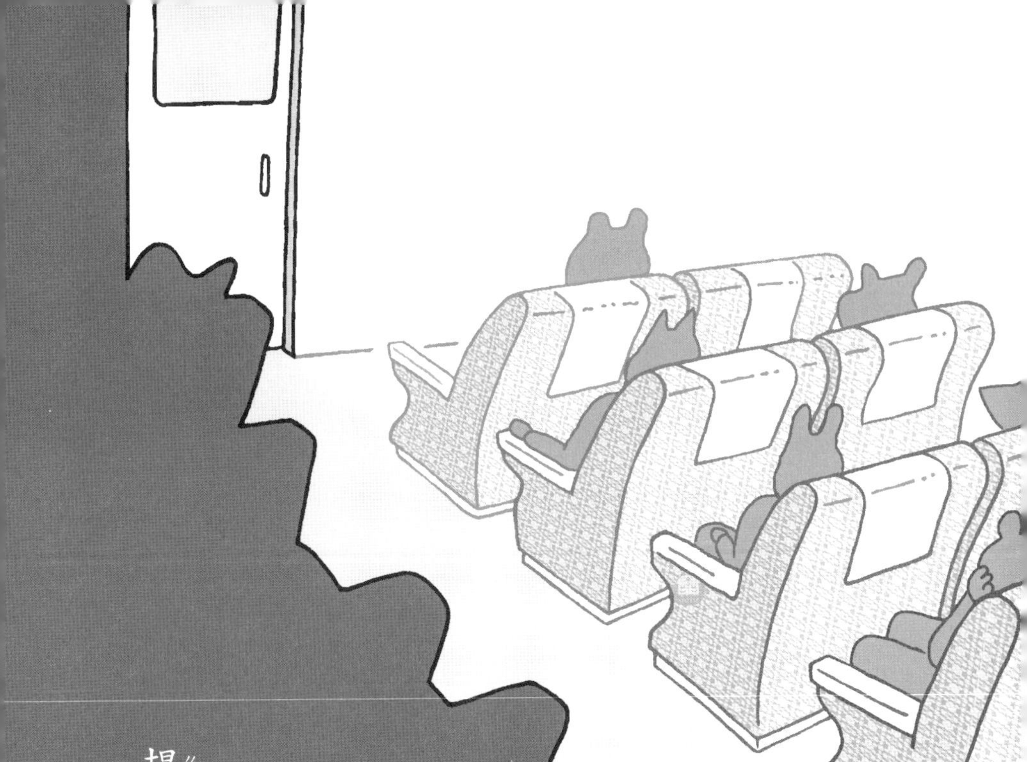

鼠帝也和
佐羅力他們一樣，
盯住相同的獵物。
對手一口氣
就增加了兩個啊。
佐羅力匆匆忙忙
趕回自己的座位——

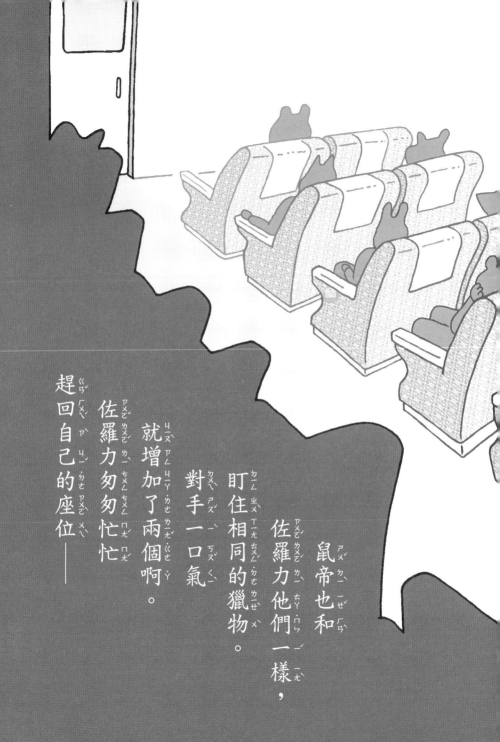

他們三人開始擬定周延的計畫，並詳細的寫在筆記本上。
5號車
6號車（特別包廂）
7號車
1
列車停在重井澤車站，車門一打開，首先，伊豬豬和魯豬豬立刻跳下車到月台，壓制從七號車出來的老虎和鼠帝。
2
本大爺佐羅力，則趁著這個時候，將目標物全部弄到手，並回到車上。
3
聽到發車鈴聲這個信號時，伊豬豬和魯豬豬將老虎和鼠帝撞飛到一邊，接著跳上列車。
這樣沒問題吧？他們不管哪一個，都勢單力薄，而我們集合三人的力量一起進行團隊工作，到時候一定可以將目標物全部順利弄到手。

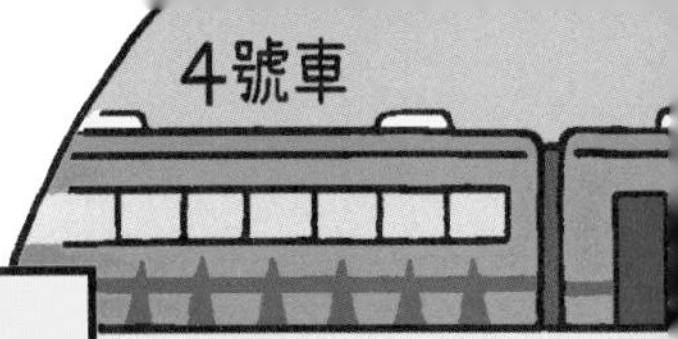

這個計畫真完美。

當老虎和鼠帝還慢吞吞的爬起來時，列車已經出發了。他們就這樣被丟在月台上。

就在這時，車內販賣食物的推車，經過他們身邊。魯豬豬看到那兩位銷售人員，睜圓了雙眼說道：

「佐羅力大師，那不是經過變裝的噗嚕嚕和摳噗嚕嚕嗎？」

「這、這也太扯了吧。」

佐羅力連忙轉過頭去，卻只看見已經走進六號車的銷售員背影。

接著，

請將推車推進包廂。如果東西好吃的話，本夫人就全包了。

特別包廂中的荷馬莉絲夫人，將他們叫了進去。

佐羅力瞥見推著車走進包廂中的兩人側面，

偏偏他們的臉被頭髮遮住，
所以完全看不清楚。
但是，如果噗嚕嚕和摳噗嚕
也鎖定那個為目標
而搭上列車的話，那可就更加麻煩了。
佐羅力為了親眼看清楚那兩人的正面，
也走進荷馬莉絲夫人的那節車廂。
從包廂裡頭傳出

夫人，您的服飾真是太美了。

哇，我從沒看過這麼大的珍珠耶。

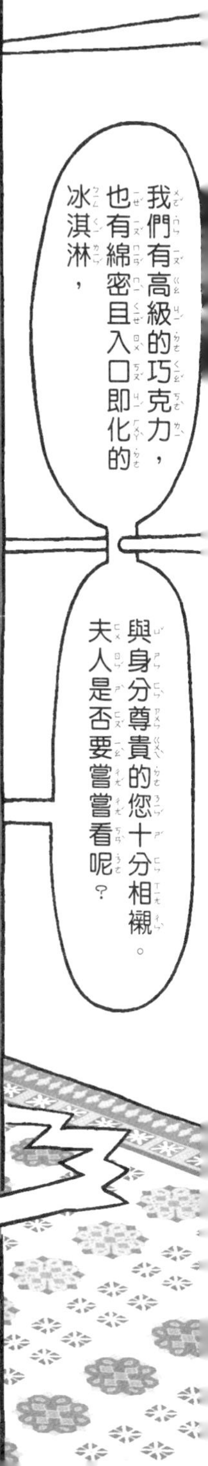
我們有高級的巧克力，也有綿密且入口即化的冰淇淋，
與身分尊貴的您十分相襯。夫人是否要嘗嘗看呢？

佐羅力感到相當熟悉的說話聲。

然而，沒多久，

哇啊——啊
這什麼鬼東西啊！

在荷馬莉絲夫人發出高聲尖叫的同時，包廂門被打開了，佐羅力連忙躲起來，偷偷觀察究竟發生了什麼事。

強壯的保鑣將
那兩位銷售員，
還有推車一起扔了出來。
地上四散的，全都是
噗嚕嚕食品公司的
零食點心。

而一邊將偏離腦袋的
假髮恢復原狀，
一邊撿著那些東西的，
正是噗嚕嚕和摳噗嚕。
看來，可可和牛奶用量很小氣的
噗嚕嚕巧克力、冰淇淋等食品，
並不合荷馬莉絲夫人
的口味。

噗嚕嚕

○「噗嚕嚕食品」的黑心董事長，試圖以製造黑心食品來賺大錢。

摳噗嚕

○跟在噗嚕嚕董事長身邊工作的員工，很擅長拍馬屁。

要是大家閱讀了「怪傑佐羅力」系列中的這些書，
●《勇闖巧克力城》●《恐怖大跳躍》●《恐怖賽車》●《恐怖嘉年華》
●《偷畫大盜》●《成為大胃王》就會認識他們。

原本想說可以一口氣賣光光的，真可惜啊，噗嚕嚕董事長。

我說摳噗嚕啊，我們都辛辛苦苦把本公司的產品帶上車了，在終點站之前，全部都要賣光才行。

他們兩個整理好服裝，推著車，消失在後方的車廂中。

「呼——那兩個傢伙的目的，應該跟我們不一樣吧。」

佐羅力鬆了一口氣，回到五號車一看……

伊豬豬和魯豬豬
竟然不在座位上。
「唉，怎麼辦才好呢？
要是噗嚕嚕和摳噗嚕
他們的目標物，
和我們一樣的話，
就非得重新
擬定計畫不可，
偏偏這個時候

伊豬豬和魯豬豬卻不見了。

他們到底跑哪去啦？」

佐羅力仔細的搜尋著車廂內的每個角落。

「啊，一定是那裡……。」

他喃喃自語著，往前方的車廂走去。

佐羅力答對了。

伊豬豬和魯豬豬，正緊緊貼在車頭最前方的駕駛艙玻璃上。

「喂，你們兩個。」

佐羅力正想抱怨，

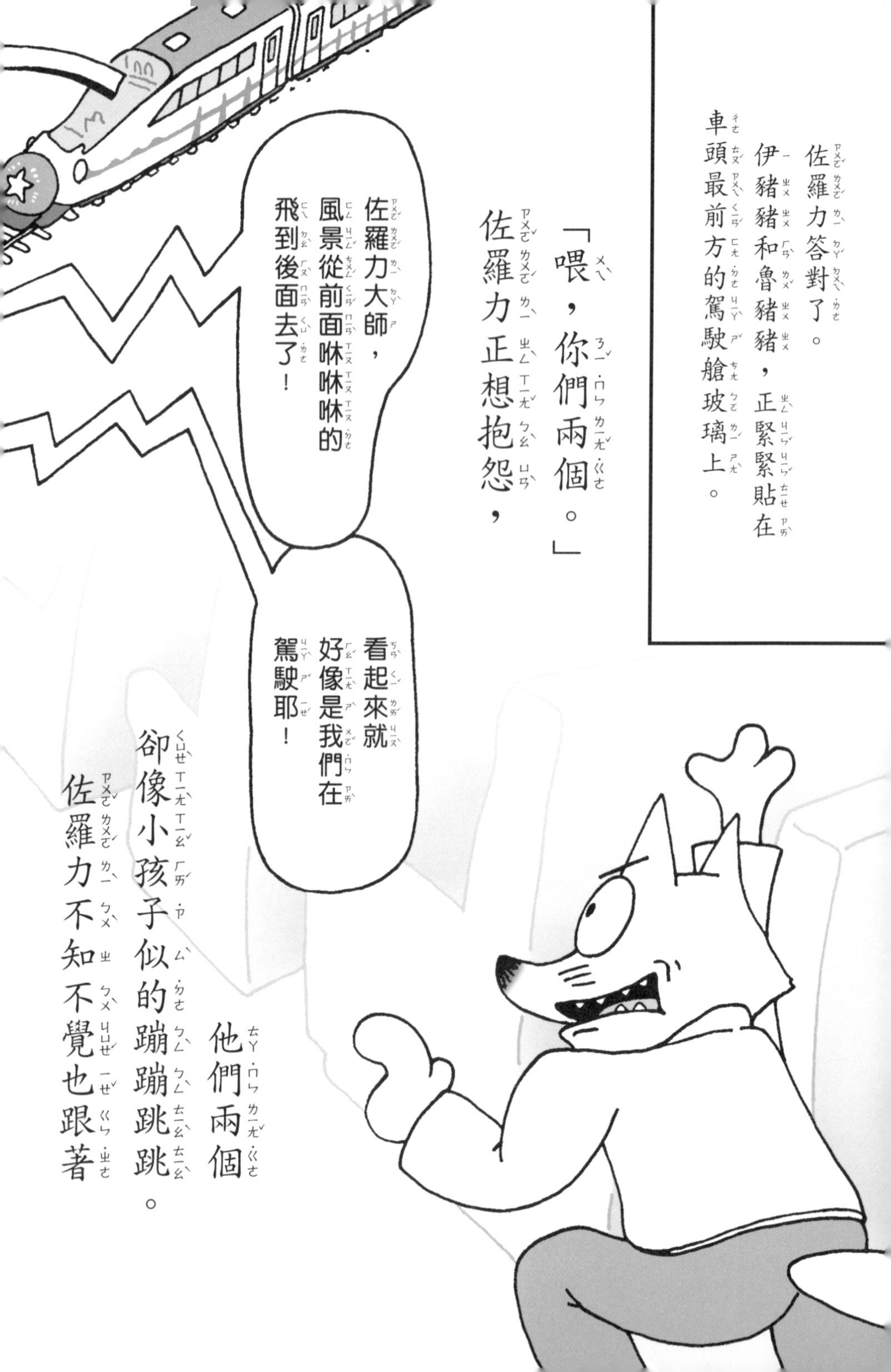
佐羅力大師，風景從前面咻咻咻的飛到後面去了！
看起來就好像是我們在駕駛耶！

他們兩個卻像小孩子似的蹦蹦跳跳。

佐羅力不知不覺也跟著

望向前方，
也因為那股震撼力
而跟著興奮起來。
計畫已經很完美了，
接下來，就等著執行而已；
在執行前的空檔，好好的
讓這兩位小跟班享受一下列車之旅吧。
佐羅力心裡一邊想著，
一邊開口說話了。

「這樣吧，你們兩個等列車到達重井澤的前一站，就馬上回到座位上。」

為了不讓老虎和鼠帝搶先，所以必須想辦法以超越任何人的速度，占據車門出口前的最佳位置才行。

「一定要記得回來喔。
知道了吧！」
佐羅力千叮嚀萬囑咐之後，
才走回自己的座位。
列車輕柔的搖晃著，
加上靠坐在柔軟的座椅上，
不知不覺中，佐羅力
沉沉的跌入夢鄉。
當他突然睜開眼睛醒來時……

聽到車內的這段廣播。

「完蛋了！」

佐羅力從座位上跳了起來，四處東張西望，卻沒看到伊豬豬和魯豬豬的身影。

「哼！那兩個傢伙——」

佐羅力咻的往車頭飛奔而去。

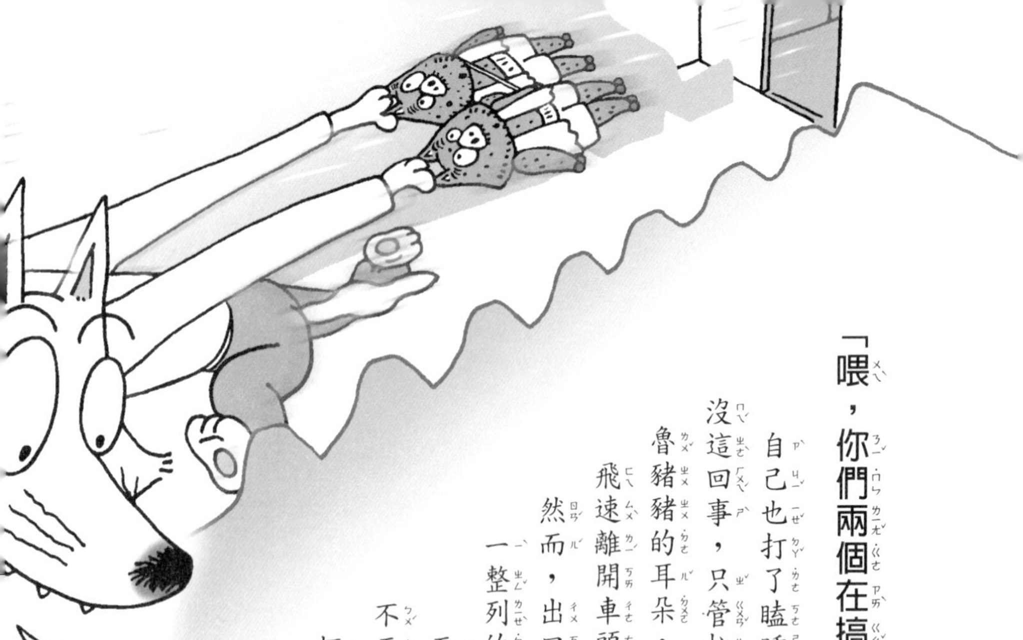

「喂，你們兩個在搞什麼呀！」

自己也打了瞌睡，但佐羅力假裝沒這回事，只管拉著伊豬豬和魯豬豬的耳朵，飛速離開車頭，

然而，出口門前已經排了一整列的隊伍。

而且，最前面的，不正是噗嚕嚕和摳噗嚕嗎？

6號車（特別包廂）

儘管佐羅力非常非常後悔，卻已經做什麼都來不及了。

噗嚕嚕和摳噗嚕的後面，是四位保鏢，以及被大件行李包圍的荷馬莉絲夫人。至於七號車的出口門前位置，已經被老虎和鼠帝占據了。

依照這種局勢，佐羅力的計畫將化為夢幻泡影。列車漸漸的滑行進入重井澤車站了。

噗嘶——車門一開，噗嚕嚕和摳噗嚕就搶得第一，奔向了月台。

佐羅力沒有就此放棄的理由。

他奮力從保鑣間開出一條路，並且拼命掙扎著，想從荷馬莉絲夫人的身邊鑽過去。

「維護秩序！」

保鑣以驚人的力道，想將佐羅力強拉回後面。

「本大爺不能認輸。」

佐羅力馬上抓住夫人的項鍊。

項鍊斷了，一顆顆的大珍珠散落四處。

就這樣，

圓滾滾、滑溜溜的大珍珠，
讓大家簡直就像
穿上溜冰鞋，
一個接一個，
從列車滑向月台。
只要一個人摔倒了，
其他人也會紛紛
跟著摔倒。
最前面的噗嚕嚕和

摳噗嚕，
被體型很大的
荷馬莉絲夫人
壓在下面
而動彈不得。
伊豬豬和魯豬豬由於遲到，
反而沒與大夥兒跌成一團。
他們跑上由大家層層相疊而成的小山，
將荷馬莉絲夫人

柔軟的背部當作踏板，彈跳到位於月台正中央的車站便當專賣店。

請給我們三個限量的車站便當「幸福寶盒」。

伊豬豬大叫。

沒錯，大家爭著要搶到的，是只有在這個車站，一個月只推出一天，而且僅限量三個的車站便當。

佐羅力他們也拼了，為了三人都能享有一個這樣的夢幻便當，所以除了準備車票錢外，還存了用來付便當錢的一千元，不辭辛勞遠道來到這裡。

各位親愛的讀者，那究竟是多麼了不起的車站便當呢？請翻到下一頁瞧一瞧吧。

如夢似幻　重井澤車站　限定便當

超豪華三層　幸福寶盒 限量便當

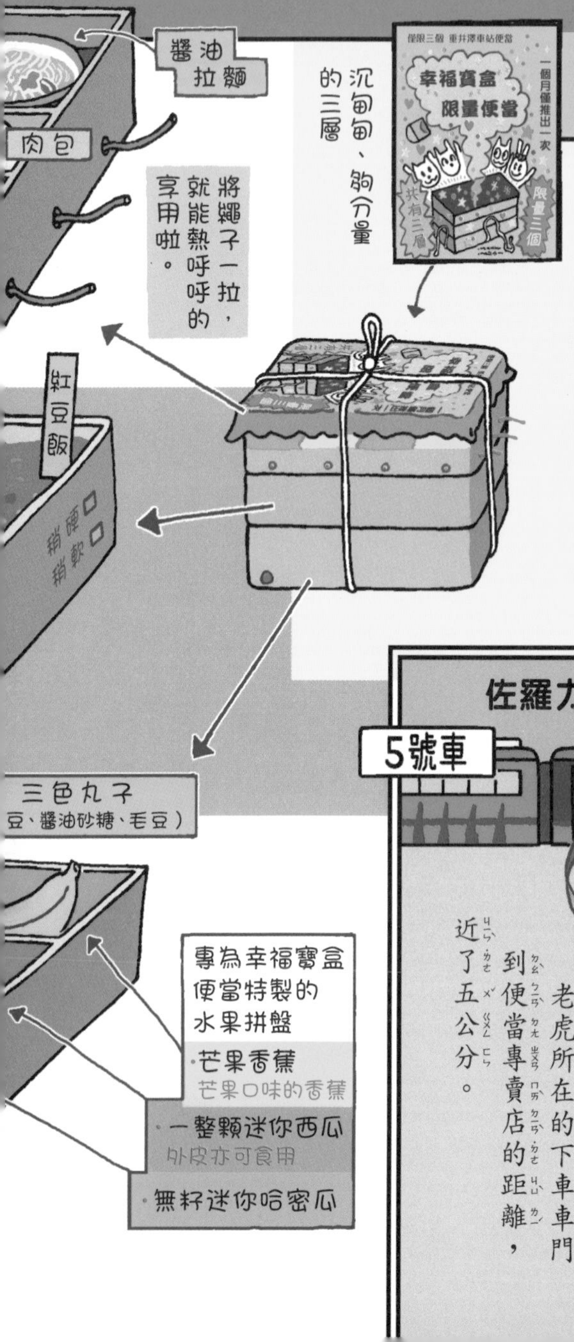
醬油拉麵
肉包
將繩子一拉，就能熱呼呼的享用啦。
沉甸甸、夠分量的三層
僅限三個　重井澤車站便當
幸福寶盒 限量便當
一個月僅推出一次
共有三層
限量三個
紅豆飯
稍硬□
稍軟□
三色丸子
豆、醬油砂糖、毛豆）
專為幸福寶盒便當特製的水果拼盤
·芒果香蕉
芒果口味的香蕉
·一整顆迷你西瓜
外皮亦可食用
·無籽迷你哈密瓜

325元（含稅）

☆一個月當中，只有三位乘客，能一邊吃著這個車站便當，一邊享受列車之旅。每個月，在這個車站裡，劇烈的爭奪戰不斷持續上演。

佐羅力堅持選擇該座位的原因

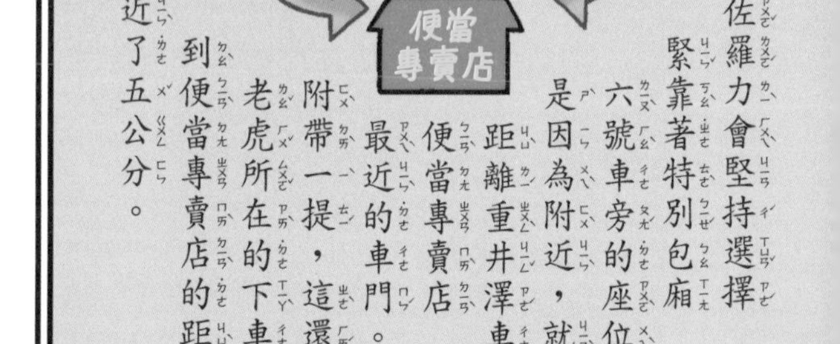
5號車
6號車
7號車
便當專賣店

☆佐羅力會緊靠著特別包廂六號車旁的座位，是因為附近就有個距離重井澤車站最近的便當專賣店車門。附帶一提，這還比老虎所在的下車車門到便當專賣店的距離，近了五公分。

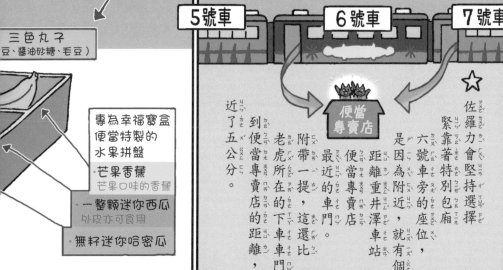

佐羅力他們能夠依照計畫，
獨占這三個車站便當嗎？

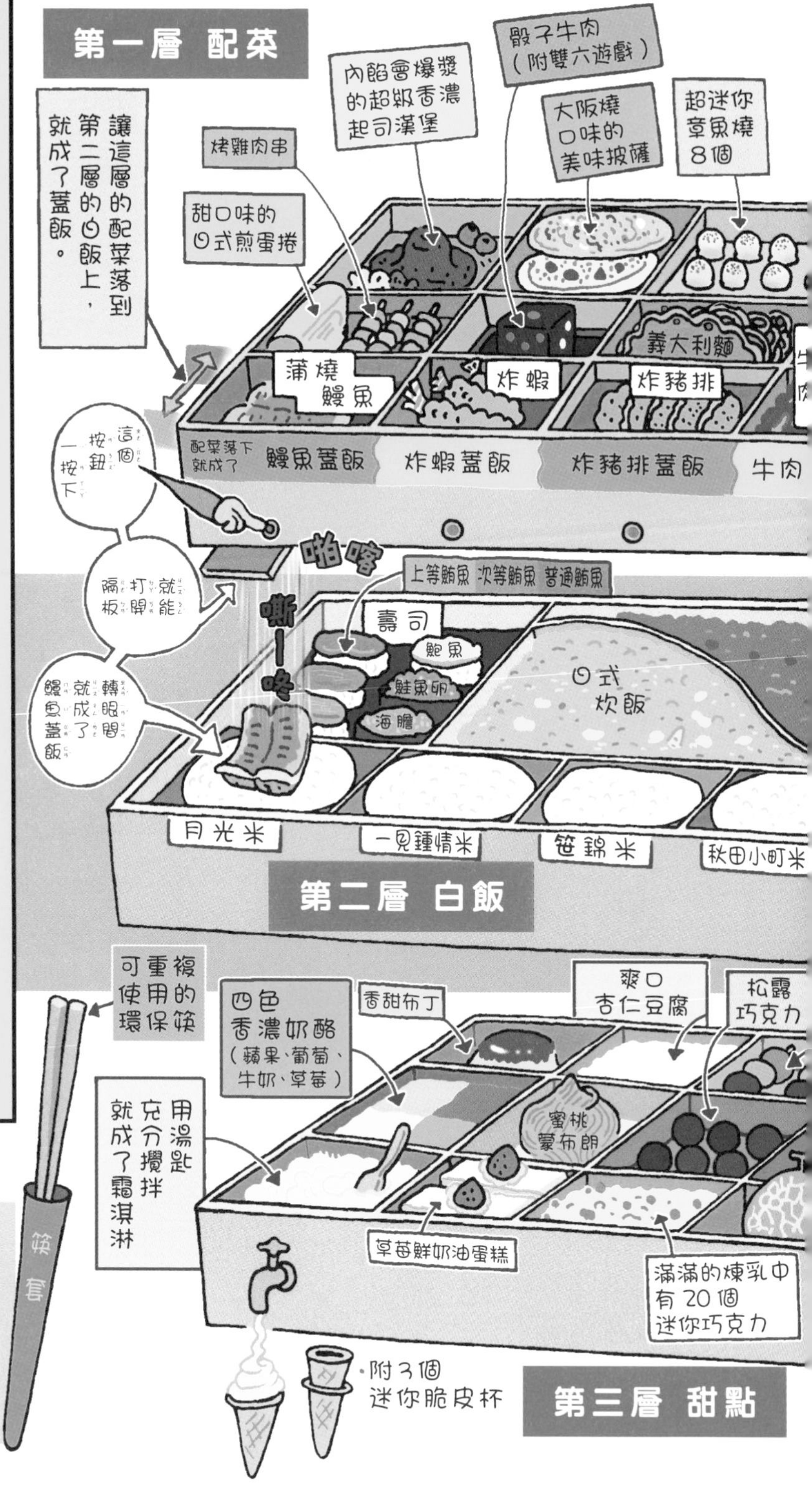

唉呀呀，真可惜呀！懊惱啊。

老虎和鼠帝的手上

各自捧著便當，走向了列車。

伊豬豬急急忙忙想搶到僅剩的那個

車站便當，而魯豬豬已將那張重要的

一千元鈔票，遞到店員面前。

就在這時，

鈴鈴鈴鈴鈴鈴鈴鈴——

發車鈴響起了。

「快！」

剛剛已經回到列車上的佐羅力，對著他們大喊。

抱著車站便當的伊豬豬，飛快跳進車內。

然而不知道為什麼，魯豬豬並沒有趕回來。

原來，便當專賣店的阿姨，
花了比想像中更多的時間，
計算要找的零錢。

「喂，魯豬豬，列車要開了。
那些錢就算了吧，
快回來！車子要開了！」
佐羅力大喊著，魯豬豬卻
不放棄，堅持要拿回
零錢才上車。

那可是他們三人流著汗水，點滴存下的重要財產哪。況且，找回來的零錢還比便當錢來得多耶。

魯豬豬確實將六百七十五元拿到手後，便朝著快關上的車門

往前——一跳

但是，

噗咻咻——咻
本夫人那些非常重要的珍珠還沒撿齊呢。

噗嚕嚕和摳噗嚕不想讓他得逞，
從後頭跳向前，抓住他的腳往後拉。
噗嚕嚕和摳噗嚕，是好不容易才從
荷馬莉絲夫人的下方脫身的。
摔倒在月台上的魯豬豬，
儘管拼命伸長了兩隻手
向佐羅力求救，
然而，命運

500
100
就是這麼無情啊，
車門就在眼前關上了。
而魯豬豬的壞運氣
還不止於此呢。
超快列車飛馳而去
造成的強風，
將他手中的
紙鈔吹走，
他的手上僅剩下
七十五元
的銅板。
咻
嗚哇——
10
5
50
10
咻
魯豬豬的腦袋
一片空白，雙腳一軟，
跌坐在月台上。
哼，我絕不放棄。
摳噗嚕，
加緊腳步跟我來。
噗嚕嚕
和摳噗嚕
則往車站外
飛奔而去。
魯豬豬
重新振作起精神後，
你們動作
快點！
趕快找。
是的，
夫人。
是的，
董事長。

急急忙忙跑出車站一看，看到噗嚕嚕和摳噗嚕正搭上計程車。

快點載我們到最近的直升機機場！

看起來，他們好像打算租借直升機，用最快速度追趕列車。

然而，魯豬豬手上僅有的零錢，別說直升機了，就連計程車

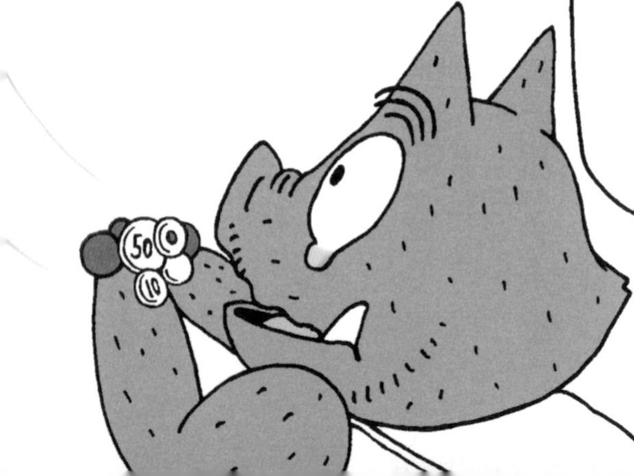

也搭不了多遠。

「我該怎麼辦才好呢？」

魯豬豬正煩惱不已時，不知道為什麼，竟覺得呼吸愈來愈不順暢。

「喔，我已經快不行了。佐羅力大師——伊豬豬——」

這時，

咦？找了老半天
最後的兩顆珍珠
竟然是在這裡。

荷馬莉絲夫人指著
塞在魯豬豬鼻孔中的
兩顆珍珠說。
魯豬豬被噗嚕嚕和摳噗嚕撲倒時，
正巧有兩顆
散落在月台上的珍珠，
塞進他一左一右的鼻孔裡。
這也難怪他會覺得
快沒有辦法呼吸了。

魯豬豬用鼻孔用力呼氣噴出珍珠，然後用背心擦乾淨，歸還給荷馬莉絲夫人。

「感謝您。」

儘管得到荷馬莉絲夫人的道謝，魯豬豬的心情依舊很低落。

接下來，究竟應該怎麼辦呢？

而另一邊……

在列車上，佐羅力和伊豬豬正盯著那個車站便當直看。

咕嚕——

兩人的肚子同時發出飢餓的叫聲。

「我說，伊豬豬啊，這是我們三人透過團隊合作，好不容易才到手，很珍貴的車站便當。我們現在先忍著別吃，等魯豬豬回來，再一起享用。」

佐羅力說著，

伊豬豬也點點頭說：

「您說的沒錯，魯豬豬一定會追上我們的。」

然而，這麼美味的便當就在眼前晃，

怎麼控制得住想吃的欲望呢？

於是，佐羅力想了一個辦法，

乾脆將便當暫時放到

座位上方的

置物架。

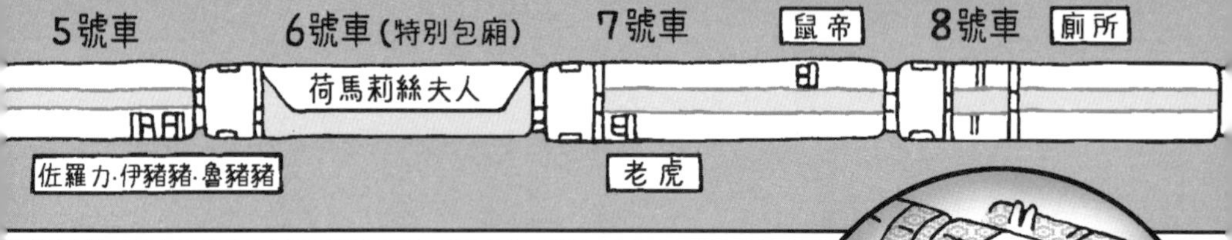

在激烈的車站便當
爭奪戰後，
放鬆下來的
佐羅力很想尿尿。

他從位於後方的八號車廁所，
紓解完回座位的途中，經過七號車，
看見老虎和鼠帝都將三層的
車站便當，一層層排列開來，
幸福的享受著美食。
豪華繽紛的配菜、白飯與甜點，
躍入了佐羅力的眼簾，真是
令他難以忍受。

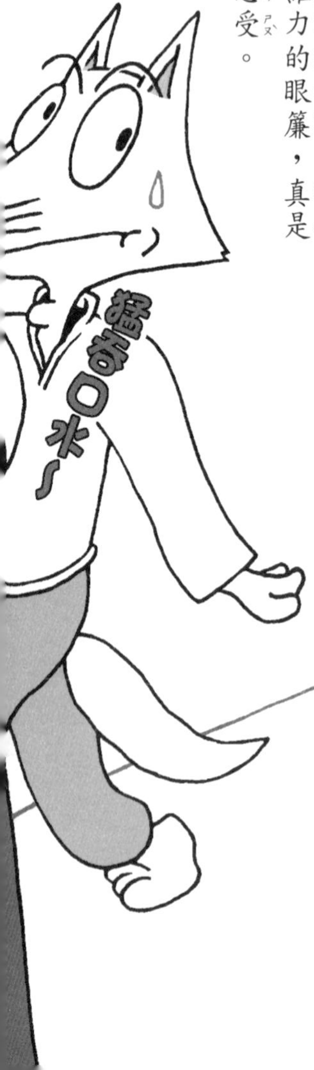

加上肚子好像又要
咕嚕咕嚕叫了，
佐羅力只能趕緊
走回他的座位。
總之，只要等到三個人都到齊，
就一定能享用那些美食。
佐羅力露出微笑，擦掉口水，
抬頭望向置物架。
然而，

車站便當消失了。

「喂，本大爺去廁所的這段時間，沒看到有誰接近我們的座位嗎？」

「佐羅力大師，我一直坐在座位上啊。

車子從車站出發後，

都沒有乘客站起來。」

伊豬豬他們的座位位於車廂的最後方，能清楚看見整個車廂的狀況。

「但是，車站便當不可能長出腳自己走開呀。要從速度這麼快的列車跳下去也絕不可能。所以，這個車廂可說是個無法逃脫的密室。」

佐羅力眼中閃過銳利的光芒，斷定犯人仍在車廂內。

於是，他變身為怪傑佐羅力，並且要伊豬豬擋住前門，讓所有人都無法進出，然後對著大家說：

各位。這車廂內有偷走本大爺重要物品的小偷。如果不想背上這樣的汙名，就老老實實的接受調查吧。
嗯——看起來一副會偷便當的樣子。
呼呼，有可疑的怪味喔。
真討厭。
那個便當是什麼時候、在什麼地方買的？

然後就自作主張的一個一個開始調查。

佐羅力愈調查愈覺得
所有的人都很可疑。
不過，
卻還是怎樣都找不到
那個貴重的便當。
同時，乘客也愈來愈焦躁，
開始出現騷動。
而且，

服務人員聽到騷動聲也跑了過來。

佐羅力說明完事情經過後，服務人員問：

「那，你把那個便當放在哪裡呢？」

佐羅力指指自己座位上方的置物架，

服務人員說出了令人感到訝異的話。

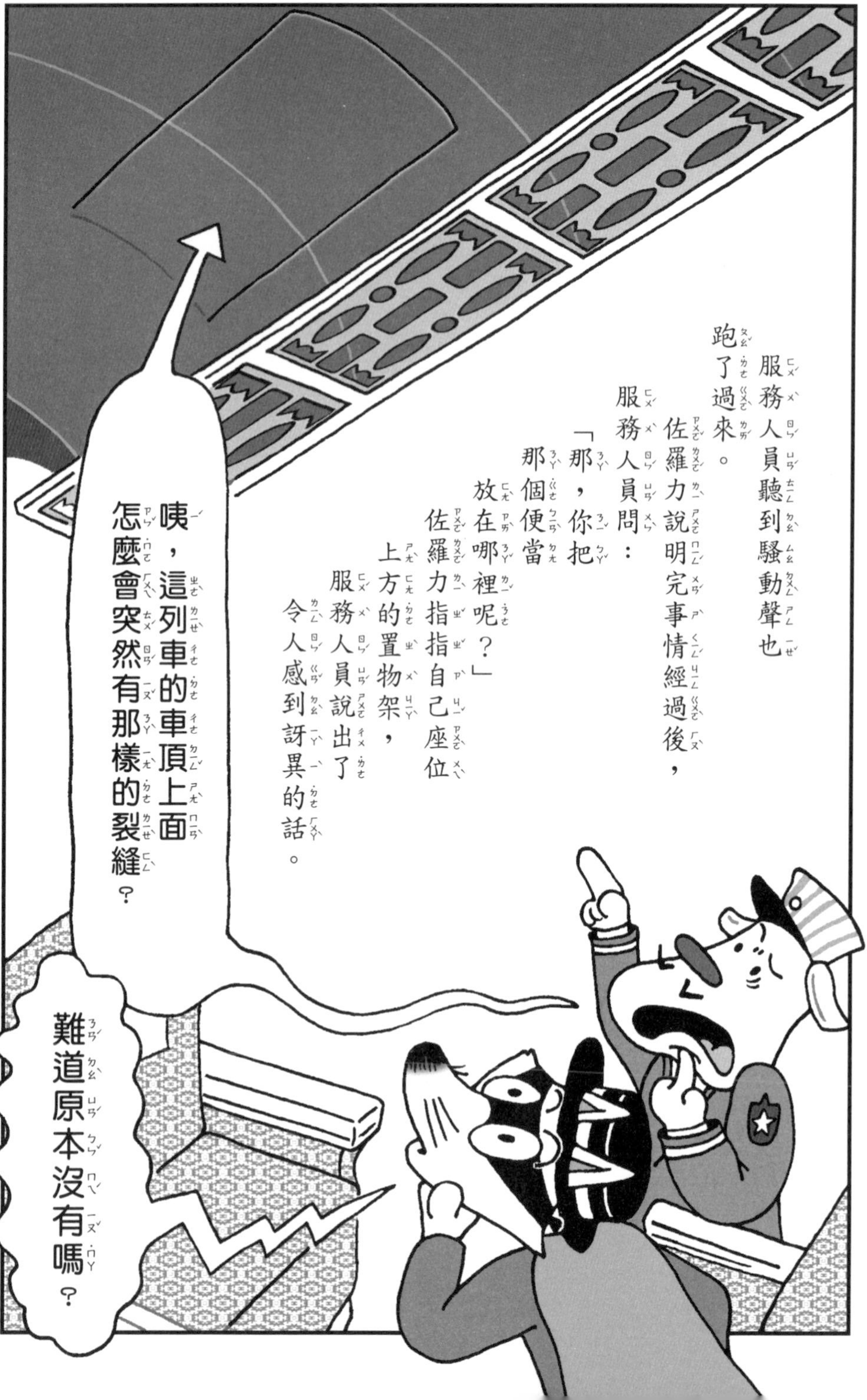

咦，這列車的車頂上面怎麼會突然有那樣的裂縫？
難道原本沒有嗎？

佐羅力連忙跳上座位，
仔細檢視車頂，
上頭確實有裂縫。
他以手腕的力量，朝那個地方
使勁往上推，出現了差不多能夠
容許一個人鑽過的洞。
佐羅力立刻從那裡
探出頭張望。
結果……

卻看到大個子忍者和小個子忍者正捧著便當，站在車頂上。

「原來是你們！」

「哼，被你發現了。我們就是要不停的替你們惹出一大堆麻煩。」

「這樣不但很好玩，還可以讓你們有罪受。」

大個子忍者和小個子忍者自顧自的說完後，就朝著前方的車廂

逃走了。

○大個子忍著，以及小個子忍者，他們一起建立了一所騙人的忍者學校，想從佐羅力他們那裡詐騙學費，沒想到卻失敗了。他們也因此心懷怨恨，一直如影隨形纏著佐羅力他們三人。
如果各位讀過以下這些書，
●《忍者大作戰》
●《恐怖大跳躍》
●《命運倒數計時》
就會認得大個子和小個子。
大個子
小個子

佐羅力匆匆忙忙的跳上了車頂後，

立刻將伊豬豬拉了上去。

在時速兩百公里奔馳極快的列車頂，吹襲著猛烈的強風。

然而，佐羅力絕不會就這樣眼睜睜看著他們逃走的。

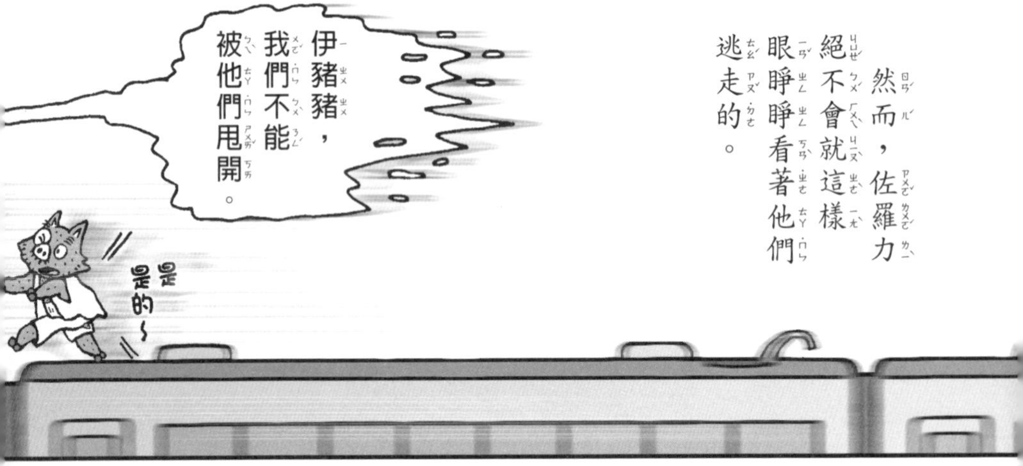
伊豬豬，我們不能被他們甩開。
是是的~

不過，其實並不需要這麼驚慌。

因為，

然而，身為忍者的大個子與小個子，可不把強風當成一回事，非常輕盈的在車頂上一蹦一蹦，往前方的車廂飛跳而去。

他們一步一步穩穩踩著車頂，不讓自己從上頭跌落，死命追趕著大個子與小個子。

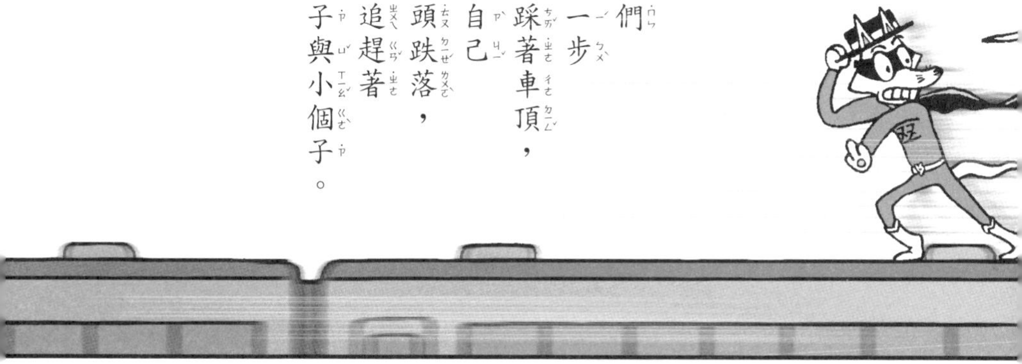

這裡是列車的車頂。

一步一步往前走，一定會……

抵達列車最前方的車廂，在那裡他們無路可逃。
嘻嘻呵呵，下一個車站還遠著呢，就算你們是多麼厲害的忍者，從這裡往下跳，也一定會受重傷。
咻

不過，
大個子和小個子
毫不驚慌的
看著手錶對他們說：

死心吧，乖乖的把那個車站便當還給我。
咻－
等……等等呀，你們兩個在擋風玻璃上面做什麼？

啊！
咦！
再過一會兒，反方向的列車將和這輛列車交會。
那時我們會往那輛列車的車頂跳，
最後呢，就只有你們兩個留在這裡，
因為這可是非常困難、
你們絕對不會的絕技啊，哈哈哈。

突然，佐羅力和伊豬豬一起在車頂上趴了下來。

這就對了，兩車交會的時候，風會又強又猛喔，像你們這樣確確實實的抓緊，是最安全的。佐羅力先生，多謝閣下奉送這個車站便當啦。哇哈哈哈哈哈。

大個子哈哈笑著，
接下來的那一瞬間……

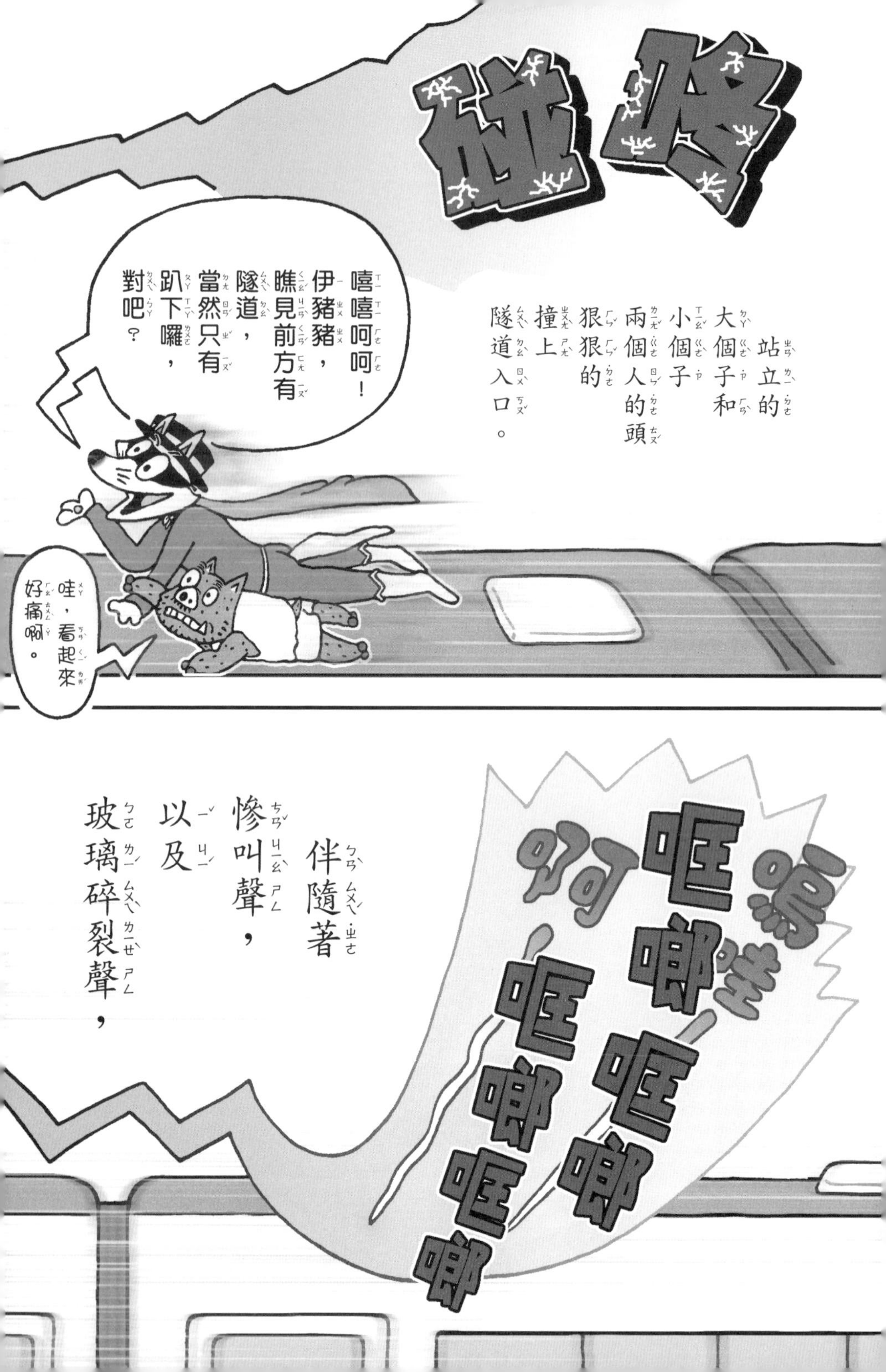
碰咚
站立的大個子和小個子兩個人的頭狠狠的撞上隧道入口。
嘻嘻呵呵！伊豬豬，瞧見前方有隧道，當然只有趴下囉，對吧？
哇，看起來好痛啊。
嗚哇
啊
哐啷哐啷
哐啷哐啷
伴隨著慘叫聲，以及玻璃碎裂聲，

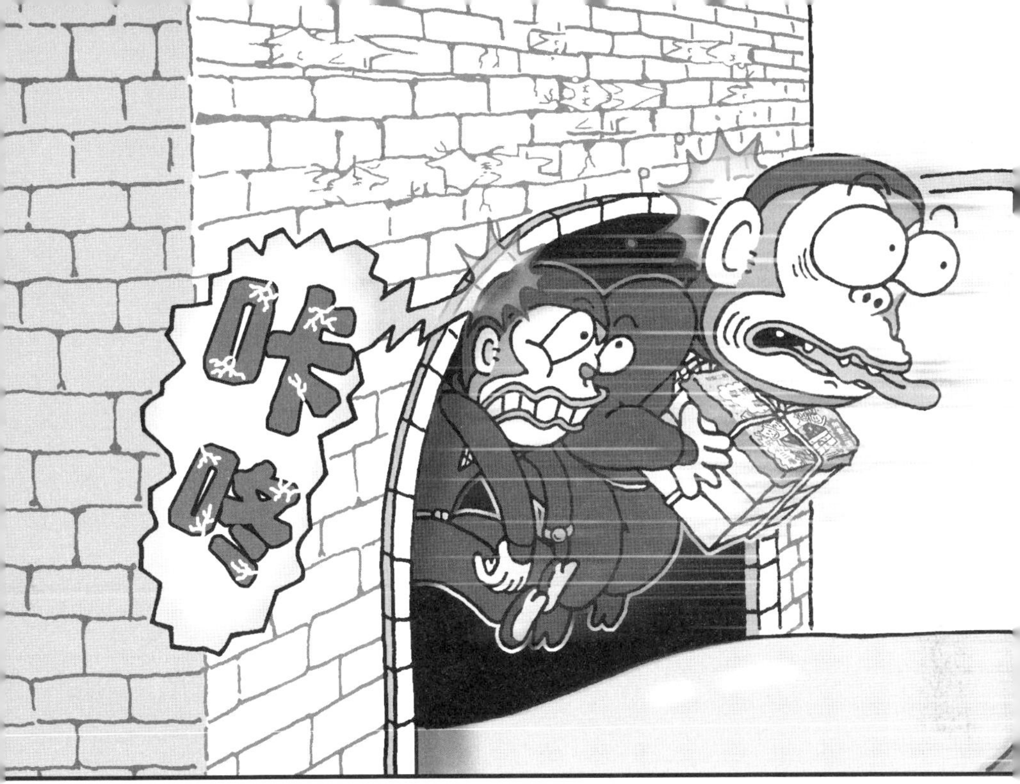
咔咚

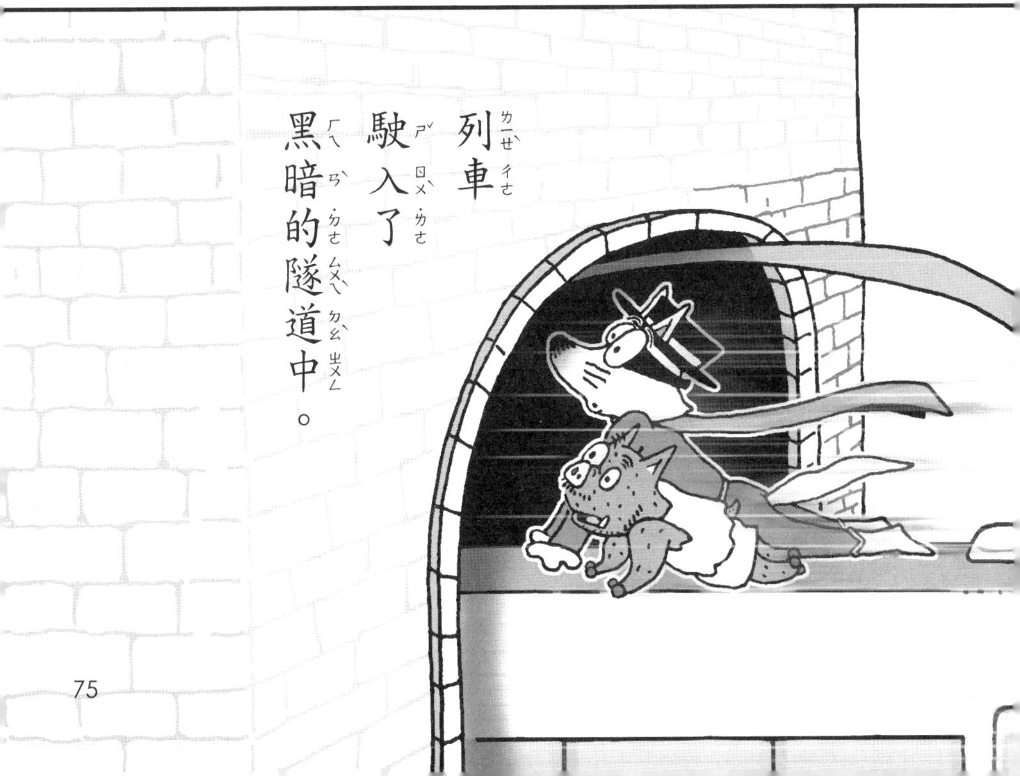
列車駛入了黑暗的隧道中。

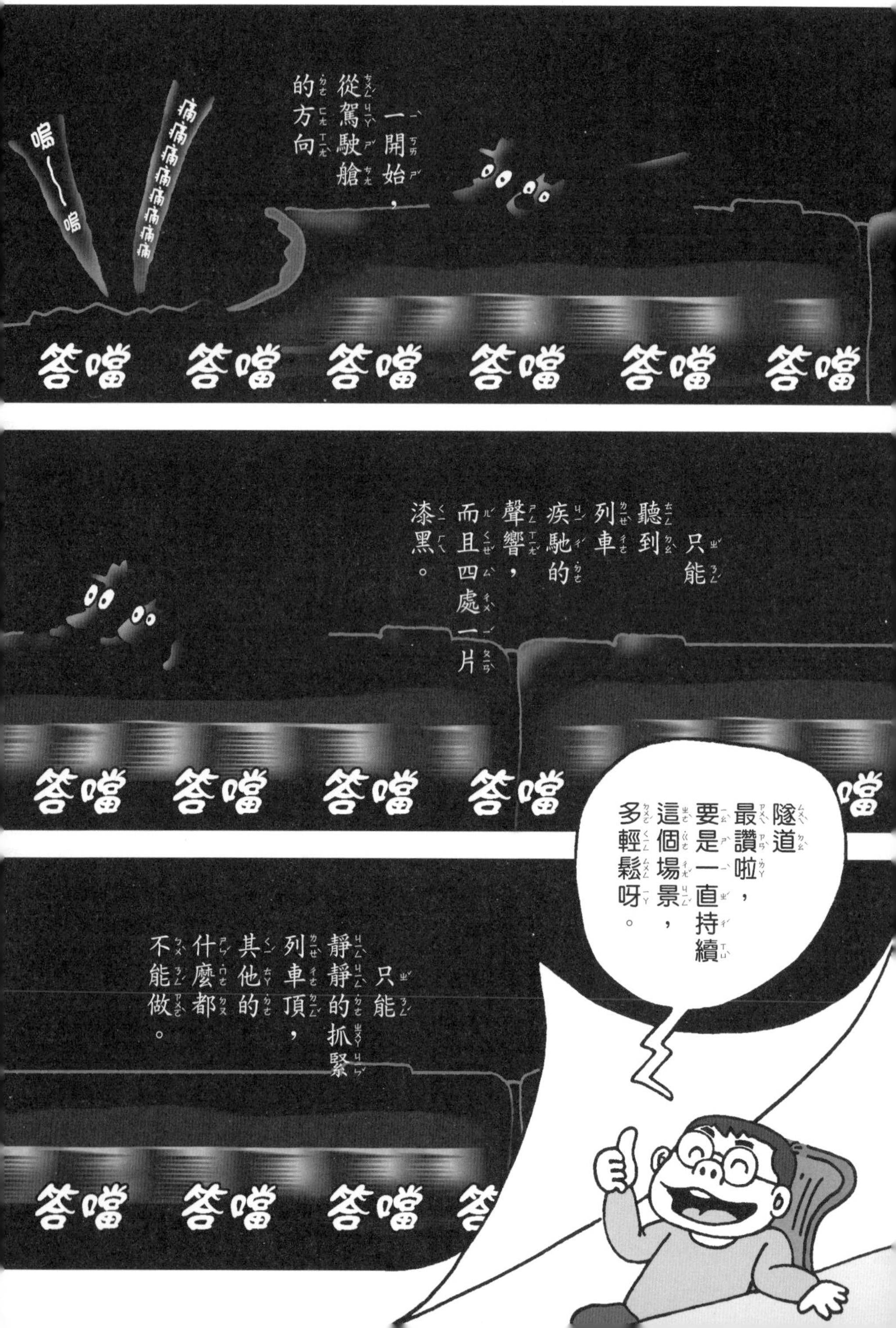
一開始，從駕駛艙的方向
痛痛痛痛痛痛痛痛
嗚～～嗚
答噹 答噹 答噹 答噹 答噹 答噹
只能聽到列車疾馳的聲響，而且四處一片漆黑。
答噹 答噹 答噹 答噹 答噹
隧道最讚啦，要是一直持續這個場景，多輕鬆呀。
只能靜靜的抓緊列車頂，其他的什麼都不能做。
答噹 答噹 答噹

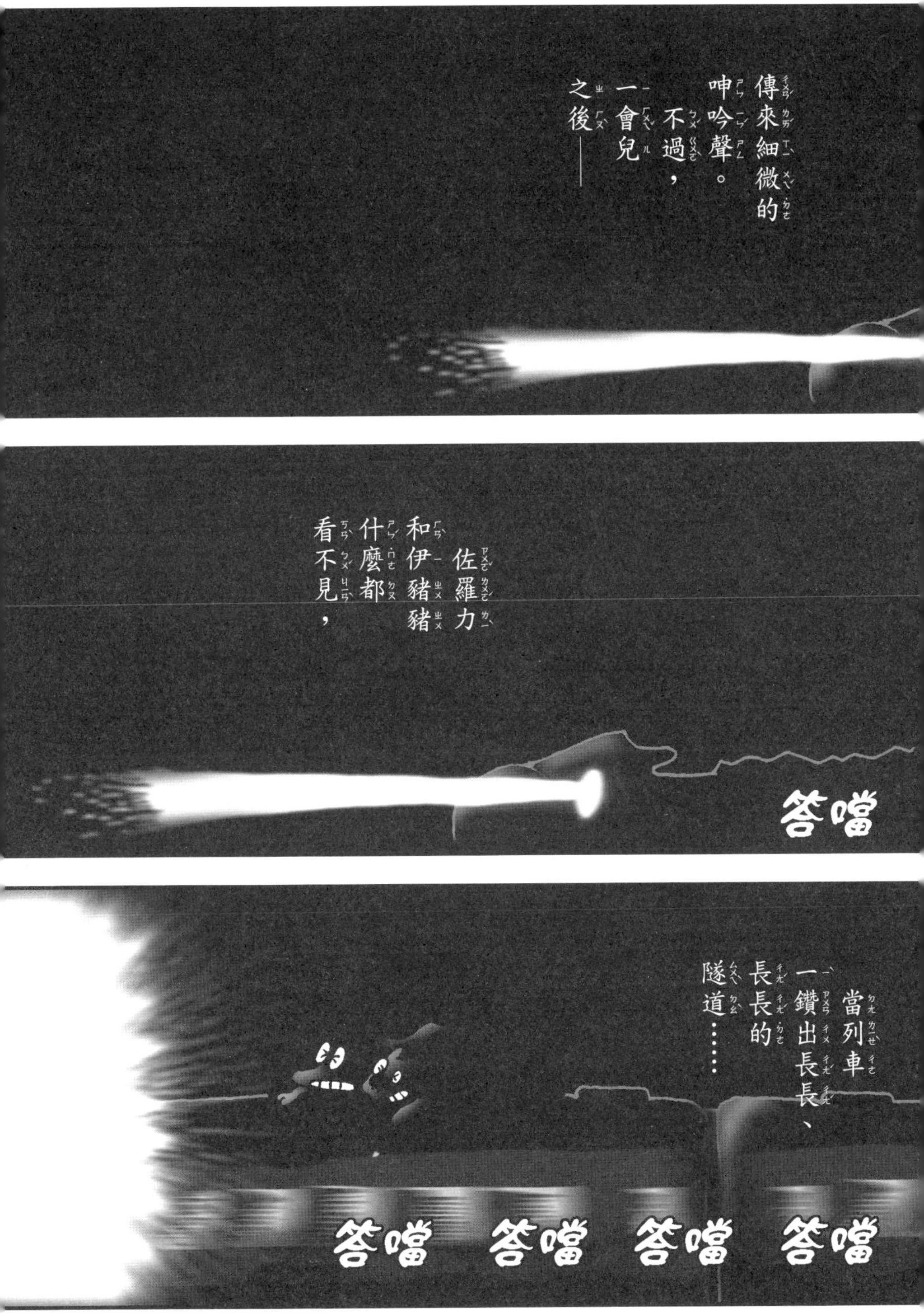
傳來細微的
呻吟聲。
不過，
一會兒
之後——
佐羅力
和伊豬豬
什麼都
看不見，
答噹
當列車
一鑽出長長、
長長的
隧道……
答噹
答噹
答噹
答噹

因為被撞到腦袋
而摔倒的大個子和小個子，
撞破了擋風玻璃，
跌進了駕駛艙。
駕駛員被
身形巨大的
大個子壓在下面，
動彈不得。

佐羅力和伊豬豬
一跳下去，
就趕緊將駕駛員救出來。
當然，佐羅力也沒忘記
從大個子的手中，
搶回那個珍貴的
車站便當。

竟然沒事耶，真是太好了。

佐羅力放心的說：

怎麼可能會沒事！

列車的煞車功能失靈了。

駕駛員抱著腦袋一邊叫。

這聲音讓大個子和小個子睜開了雙眼，盯著駕駛艙直瞧。

由於這兩位忍者掉落的衝撞力實在太大，使得駕駛台凹陷了，儀表板和開關也全都毀了。

「對了，使用緊急停止裝置吧。」

駕駛員一轉過頭，

卻看到緊急停止裝置
也從壁面上脫落，並冒出了白煙。
「最糟的狀況發生了。」
當現場所有人
的臉色都變得
鐵青時，

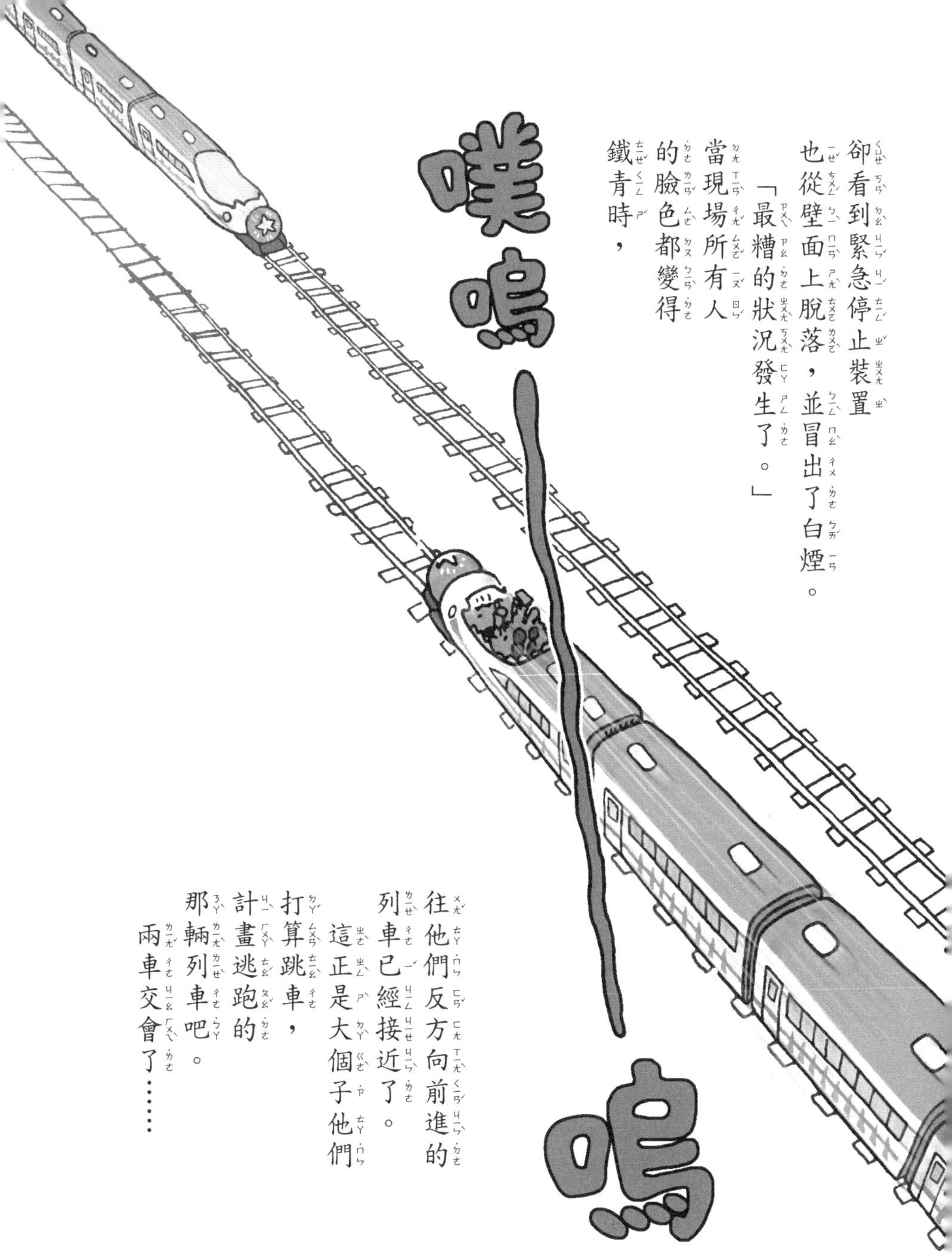

往他們反方向前進的
列車已經接近了。
這正是大個子他們
打算跳車，
計畫逃跑的
那輛列車吧。
兩車交會了……

兩車交會產生的強風，
灌入沒有擋風玻璃的「閃亮號」駕駛艙。
這股強風將佐羅力手上的
限量車站便當，高高的
捲到半空中，
遠遠吹離。

哇啊！好不容易
才搶回來的
限量車站便當！

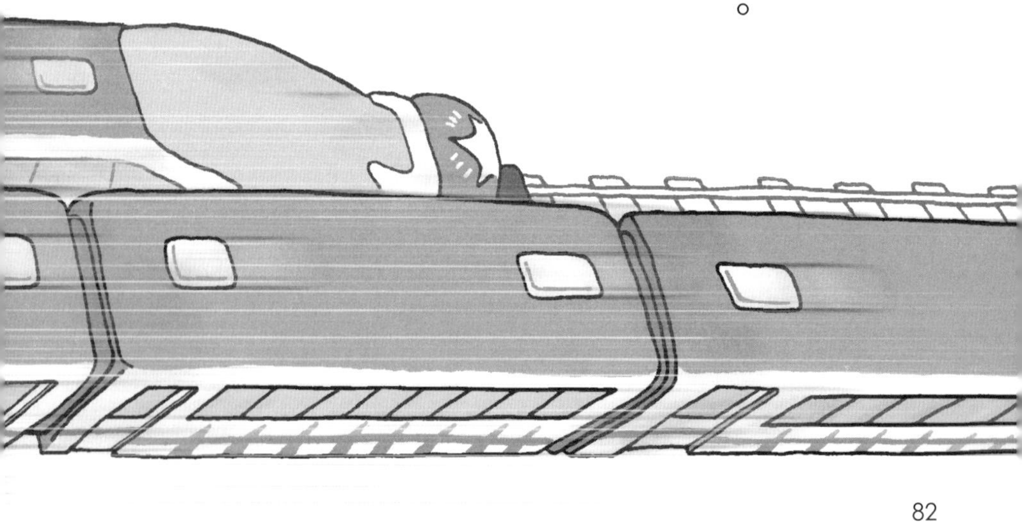

煞車失靈的列車與便當的距離愈來愈遠。

便當乘著風，朝著不可能再次回到手中的方向，快速的飛走。

而空中，

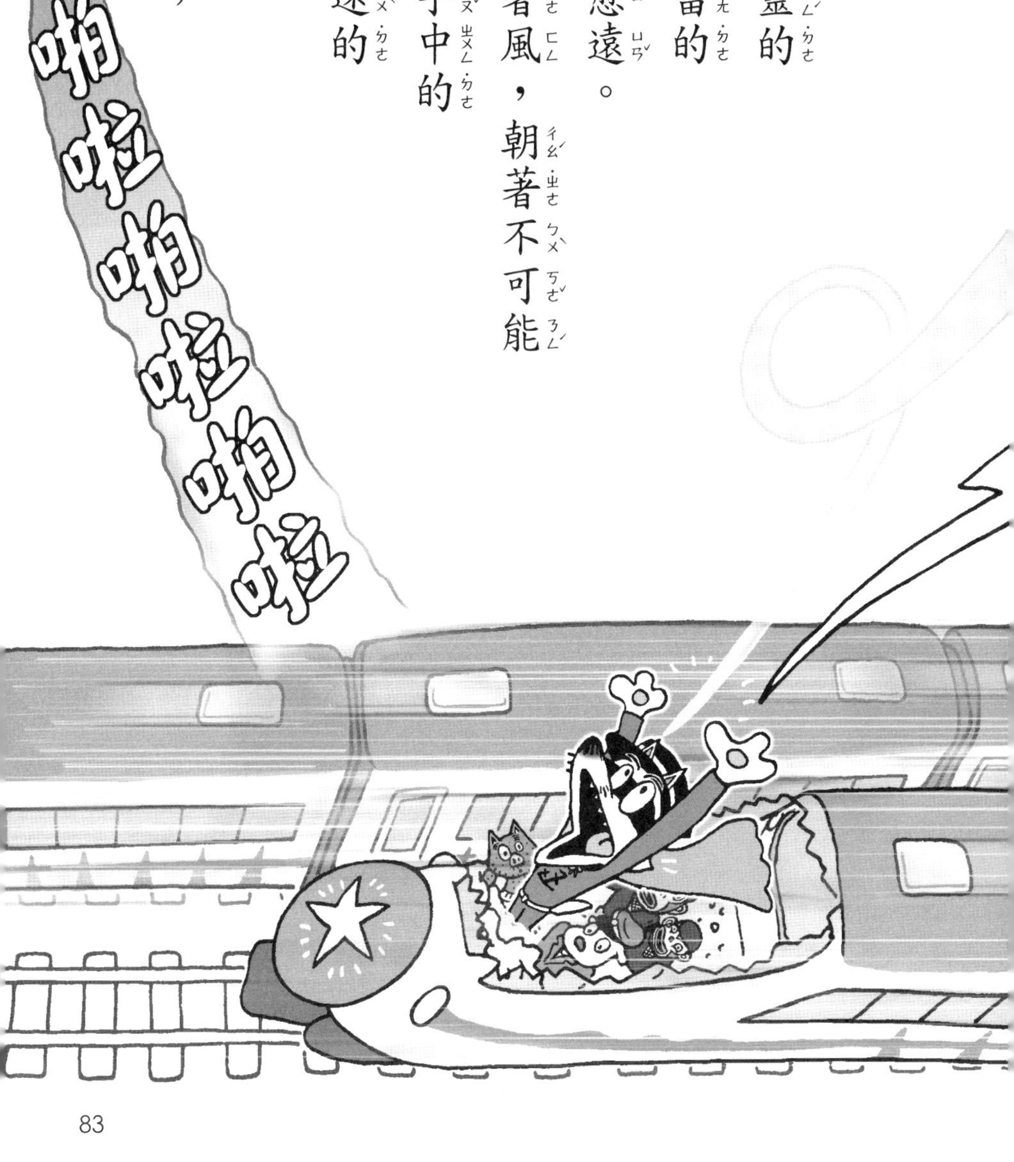

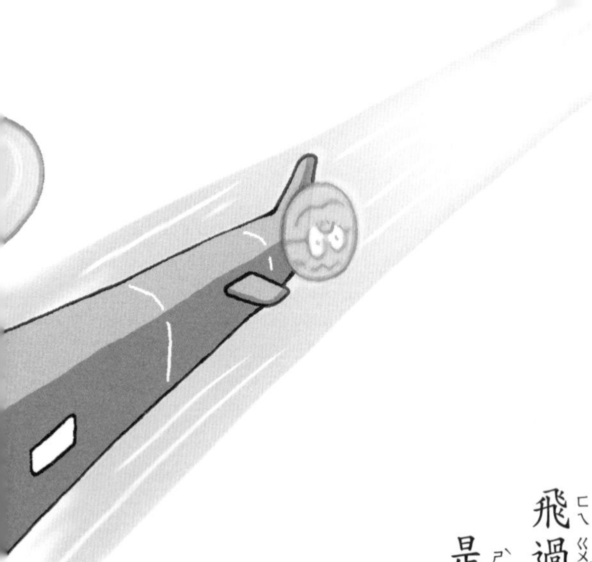

出現了噗嚕嚕所駕駛的直升機。

「哇哈哈哈，車站便當朝著這裡飛過來啦，我們的運氣真好，是不是啊？摳噗嚕。」

噗嚕嚕很熟練的將直升機開到迎接車站便當的最佳位置，由摳噗嚕從機上的座位探出身子，順利的抓住便當。
然而，抓住便當的
可不只摳噗嚕
一個而已。

怎麼會在這裡呢？

① 荷馬莉絲夫人為了答謝魯豬豬替她撿到珍珠，於是以高級豪華轎車，送他到噗嚕嚕他們所前往的直升機機場。

這是我們買的車站便當——

魯豬豬也伸長了手，從直升機的下方死命抓住便當。

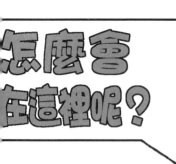

魯豬豬他出現

②魯豬豬到達時，噗嚕嚕他們搭乘的直升機正好起飛。於是，轎車就跟在直升機下方一路追趕。

③魯豬豬從車內一躍而上，抓住直升機的起落架，因此才會出現在這裡。

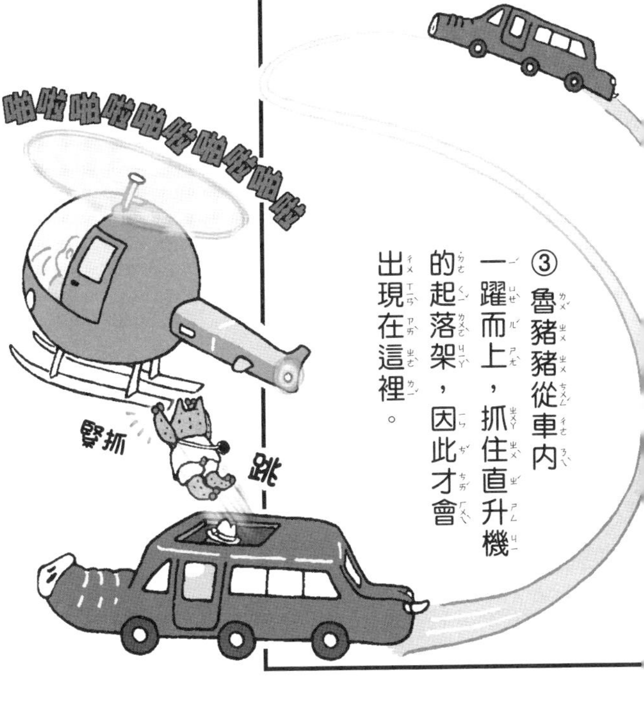

魯豬豬抱著必死的信念追到這裡，當然不會就此認輸。

他用上所有的力量，將車站便當往自己這兒拚命拉扯。然而，

摳噗嚕也是不放手，

這一次，車站便當爭奪戰在直升機的下方展開。他們在直升機的起落架那裡，忽左忽右的激烈爭奪著，

因此，僅靠噗嚕嚕一個人的力量，根本完全沒辦法好好的駕駛。

直升機一下子搖搖晃晃的上升，一下子搖搖晃晃的下降，最後終於，

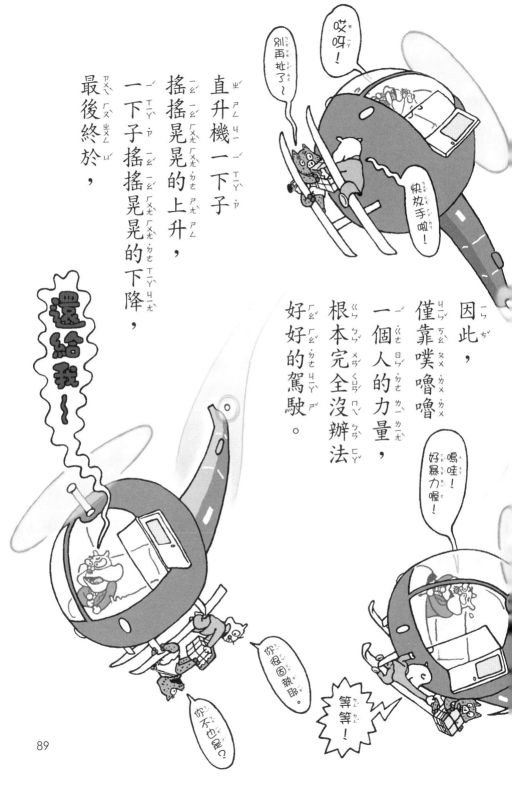

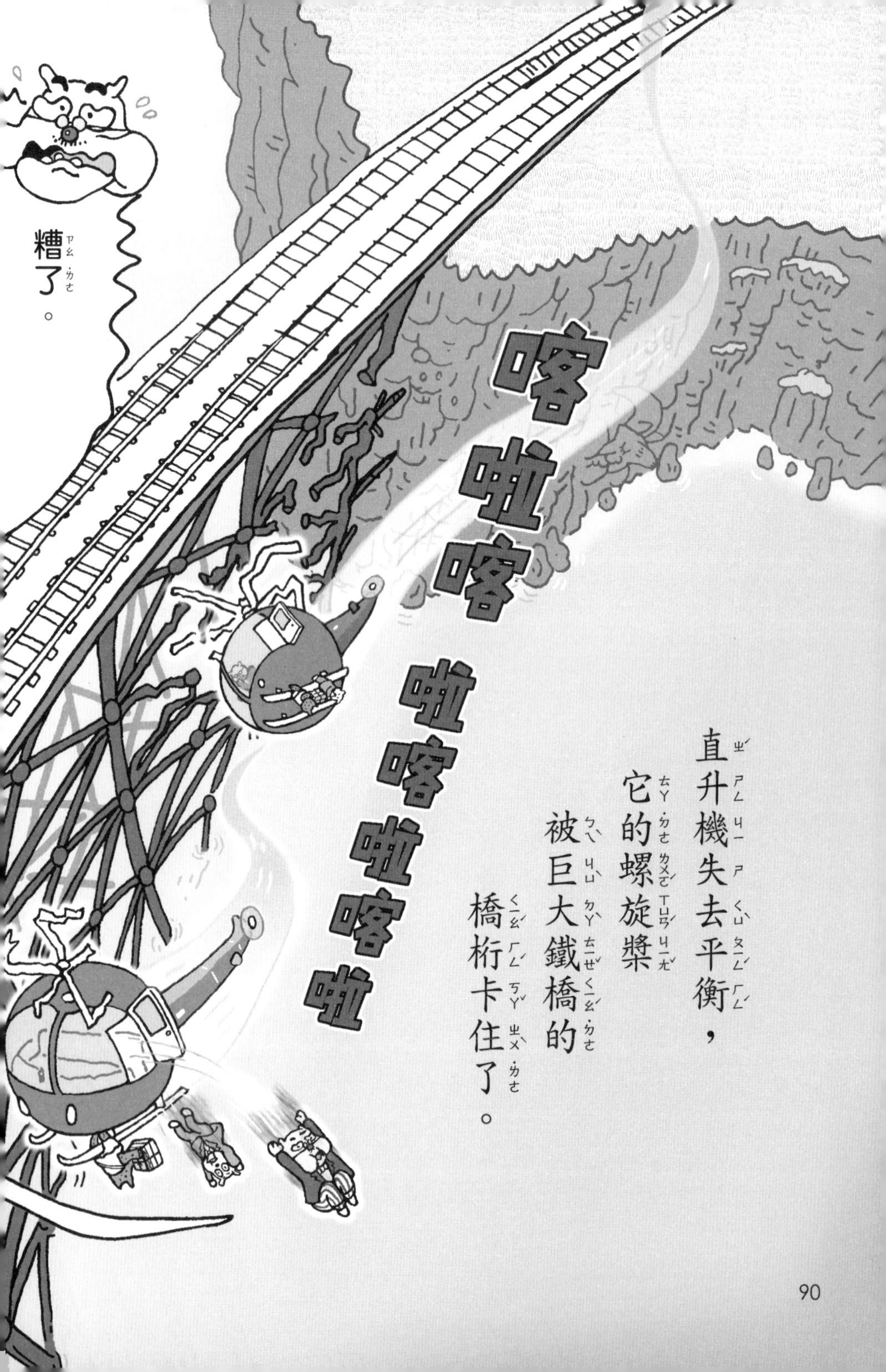

直升機失去平衡，它的螺旋槳被巨大鐵橋的橋桁卡住了。

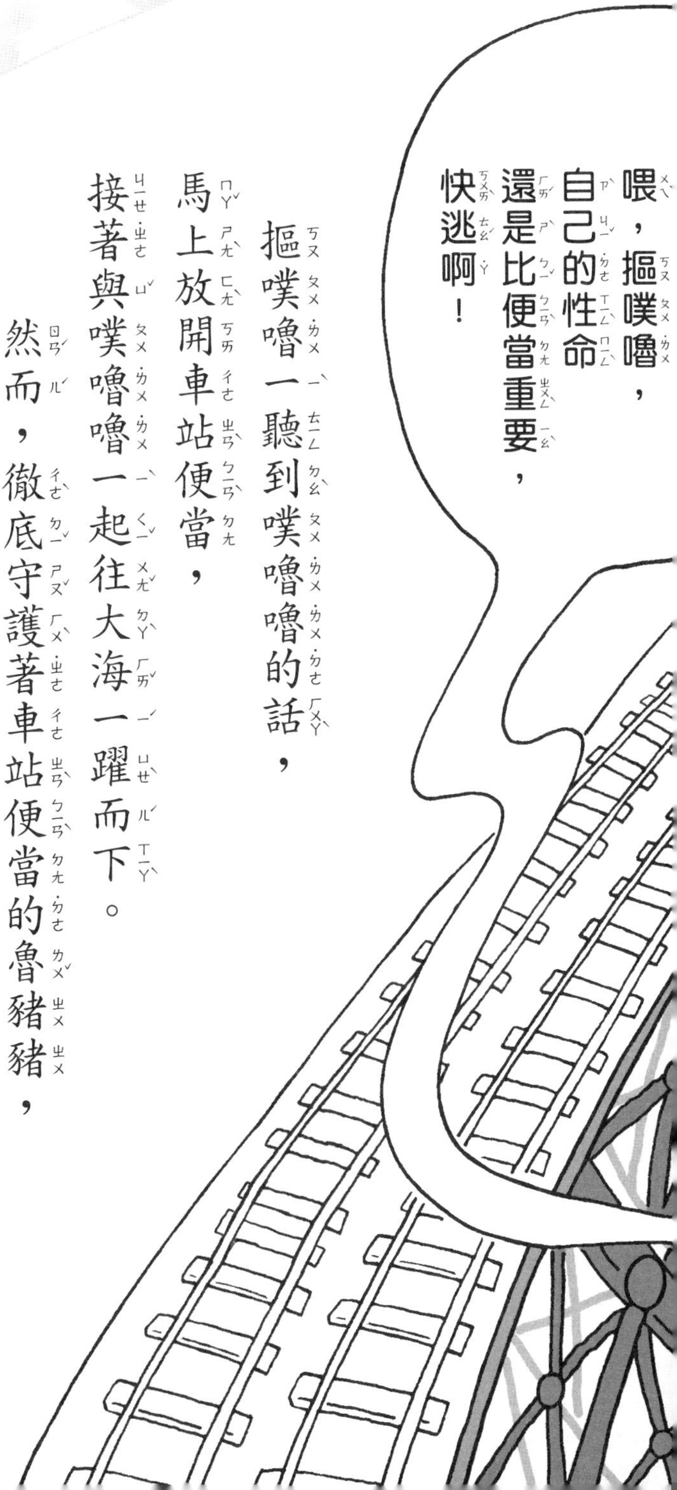
喂，摳噗嚕，自己的性命還是比便當重要，快逃啊！

摳噗嚕一聽到噗嚕嚕的話，馬上放開車站便當，接著與噗嚕嚕一起往大海一躍而下。

然而，徹底守護著車站便當的魯豬豬，則和直升機一起朝鐵橋撞了過去。

鐵橋發生大爆炸，
就像這樣從正中央
分成兩半。
變成焦黑的直升機
直直落入海中。
究竟死守便當的
魯豬豬，
他的命運

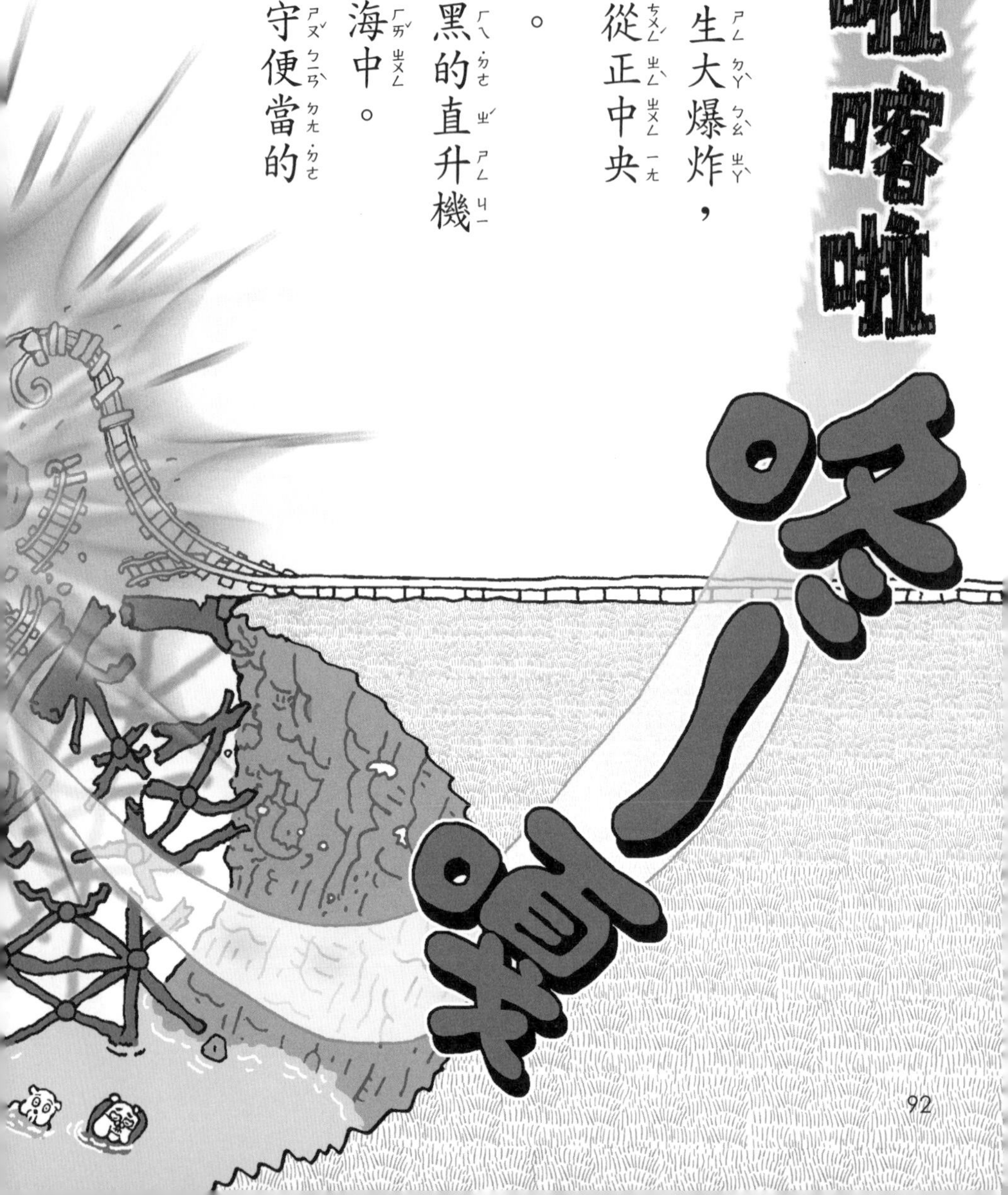

會如何呢？
另外，那個
車站便當
是否沒事呢？
比起這些，
其實還有更可怕的
事情即將發生。
這座遭嚴重破壞的
鐵橋——

它的另一頭，正有
佐羅力他們搭乘的列車猛衝而來。
距離鐵橋最近的車站，
立刻發出緊急訊息
到該列車的駕駛艙。

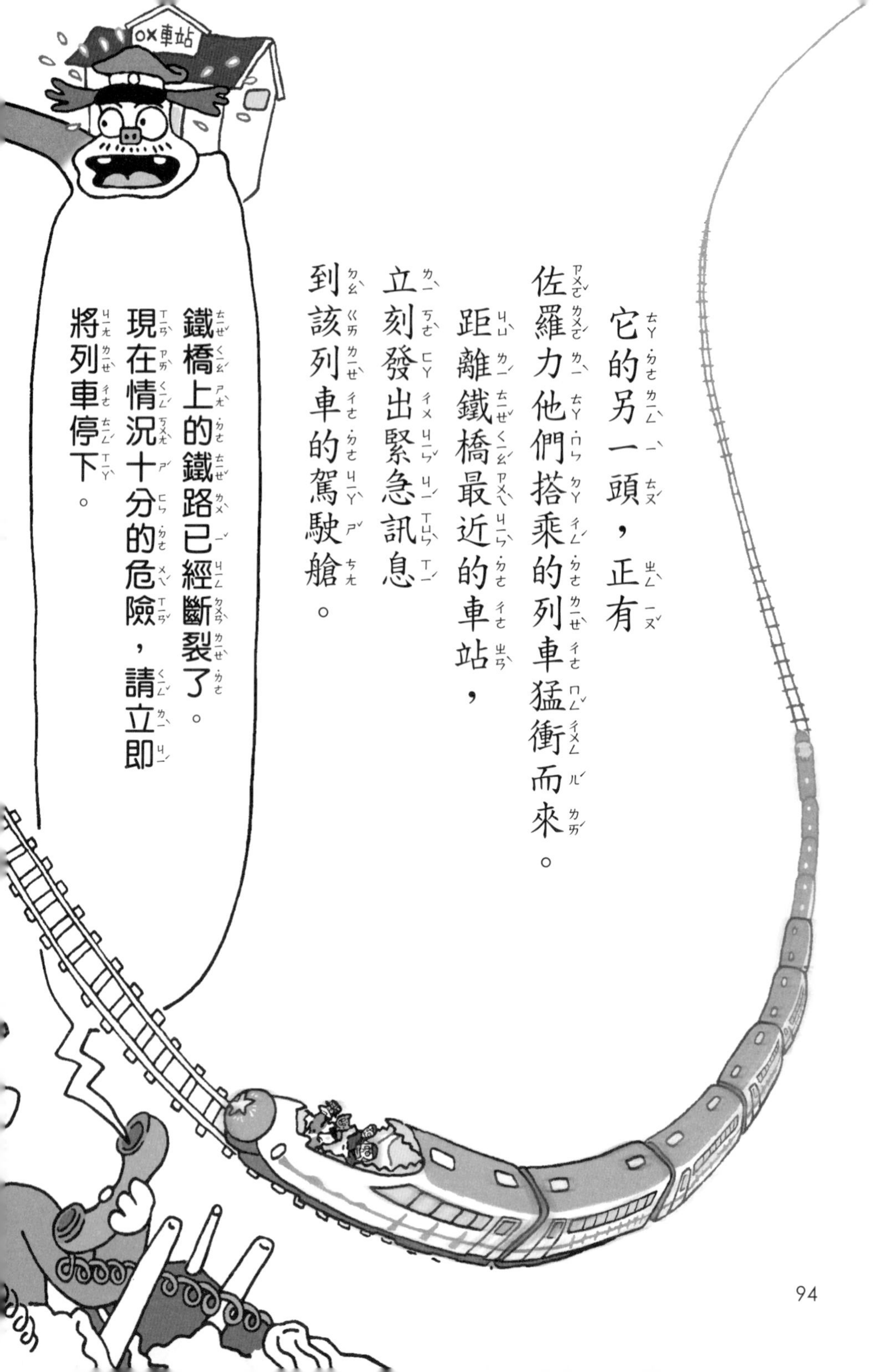
○×車站
鐵橋上的鐵路已經斷裂了。現在情況十分的危險，請立即將列車停下。

「沒——沒辦法，
煞車失靈了呀。」
聽到駕駛員發出的
悲慘叫聲，大個子與小個子
也只能任由自己心驚肉跳的。
然而，佐羅力卻十分冷靜的
說道：

不會有事的，大家放心吧。在這輛列車上……

有放屁名人伊豬豬。來吧，伊豬豬，發射出你最猛烈的臭屁，讓這輛列車在鐵橋前方停下來吧。
我知道了——

伊豬豬充滿自信的向前走去，

但是，當他一看到鐵橋，

便立刻往後退，

對佐羅力說：

「不行耶，佐羅力大師。」

「為、為什麼？」

要是對面有一堵牆，列車就能藉由臭屁的回衝力量而停下來……

然而，朝著歪歪扭扭的細長鐵橋發射，臭屁只會從縫隙穿過去，無法形成讓列車停下的阻力。

聽了伊豬豬的說明後，

佐羅力沮喪的垂下肩膀。已經沒有活命的機會了。

列車飛快的朝鐵橋的方向接近。
沒想到，嚴重扭曲的鐵道路線前端，站立著一個人影。
啊，是魯豬豬，魯豬豬在那裡！
於是，魯豬豬用力的舉高雙手揮手回應。

啊，有辦法了！

伊豬豬似乎正在傳達某種訊息給魯豬豬呢。他突然站上車頭的最前方，背對著魯豬豬大叫：

拜託你了——魯豬豬。

「我知道了，伊豬豬——」

接著，他們兩個朝著對方翹起屁股，首先是魯豬豬在鐵橋前方以臭屁製造出一堵巨大的牆。

伊豬豬則以那堵牆為目標，

像噴射機發射般的，放出威力無比、超級強的臭屁。

於是……

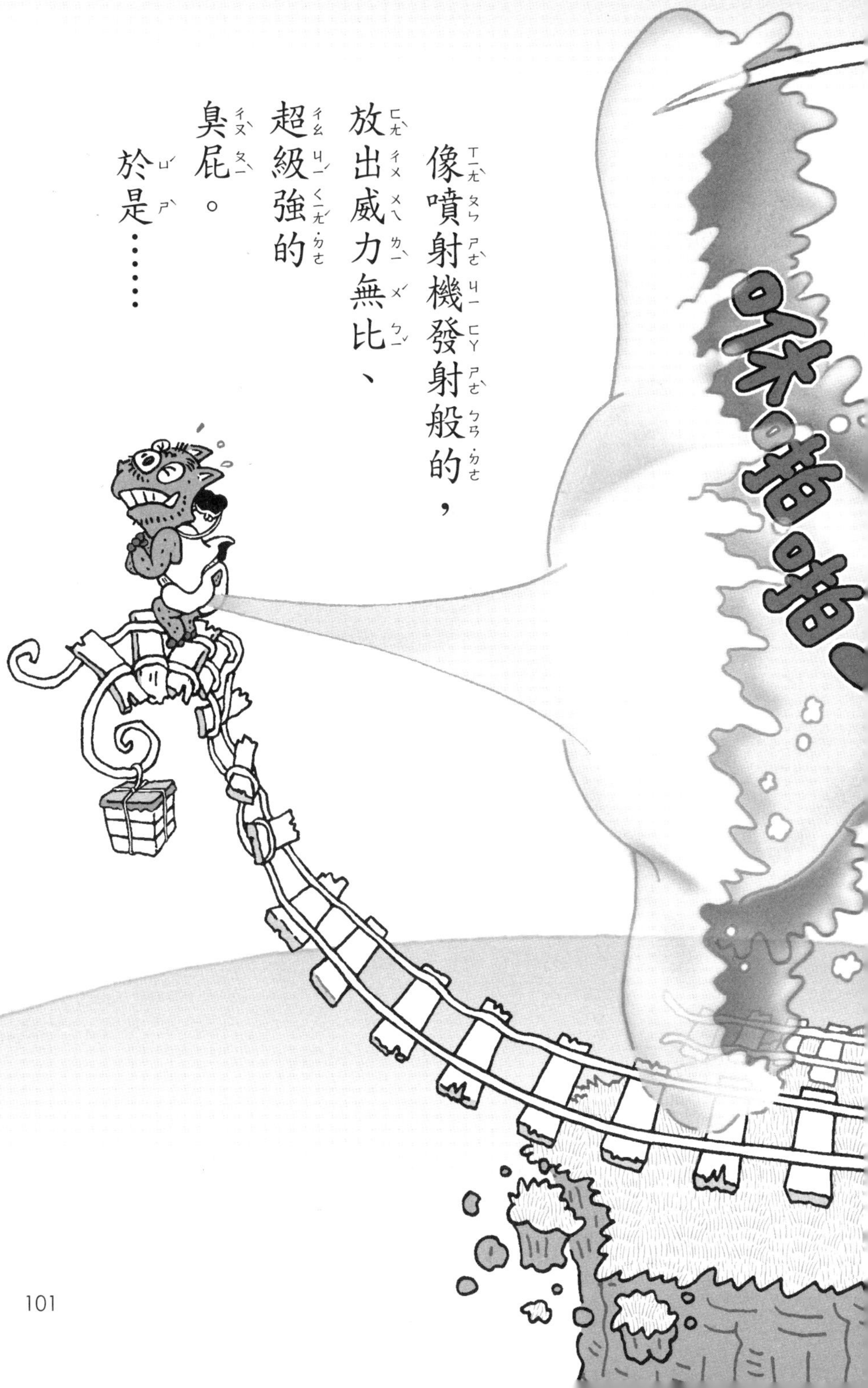

兩股威力強大的臭屁撞擊在一起，
順利讓列車停了下來。
伊豬豬、魯豬豬還真不愧是
雙胞胎兄弟，完全不用說話，
也能夠很有默契的了解對方的想法。
真是超完美的合作！
「佐羅力大師——」
魯豬豬從鐵橋

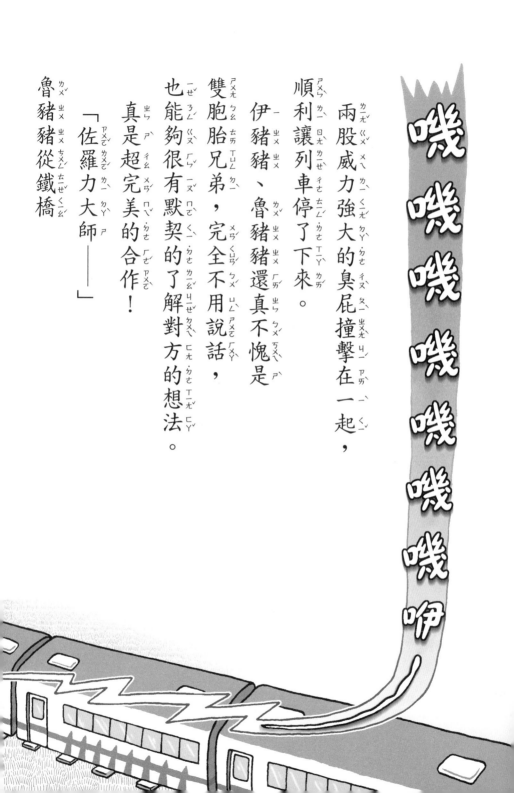

跳上列車。三個人能夠再見面，而且
大家都平安無事，真是太值得高興了。
「不過話說，那個車站便當怎樣啦？
魯豬豬。」
「它很好，佐羅力大師。
我可是從頭到尾
都拼了命的保護它喔。」
魯豬豬用手指指向
歪歪扭扭的鐵橋——

那個車站便當，正掛在斷裂的鐵橋尖端，看起來搖搖晃晃的。

魯豬豬在放出威力強大的臭屁前，暫時先將它掛在那裡。

「喔，它好好的耶。」

佐羅力動作敏捷、輕巧的飛跳上鐵橋，

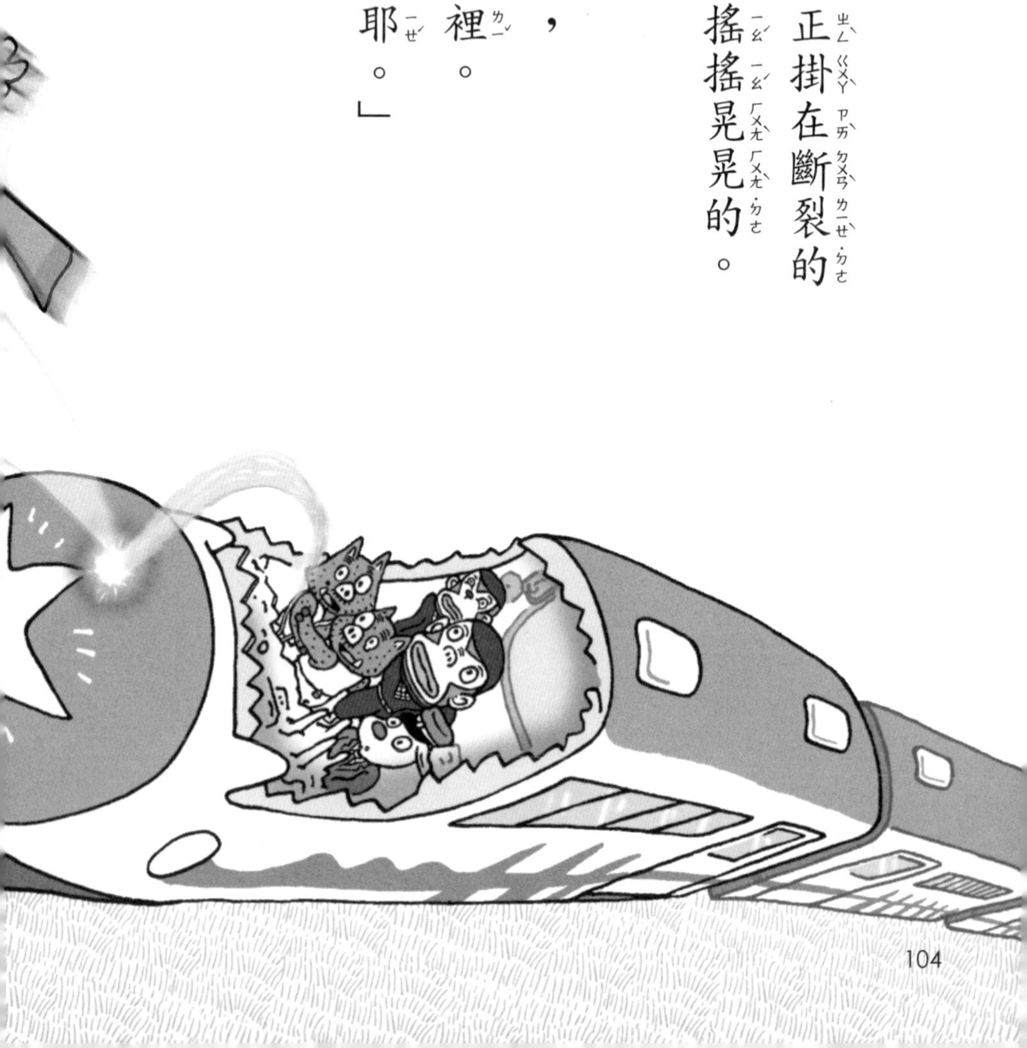

伸長手

想拿回便當。

三人好不容易聚在一起

品味美味便當的時刻，

終於來到了。

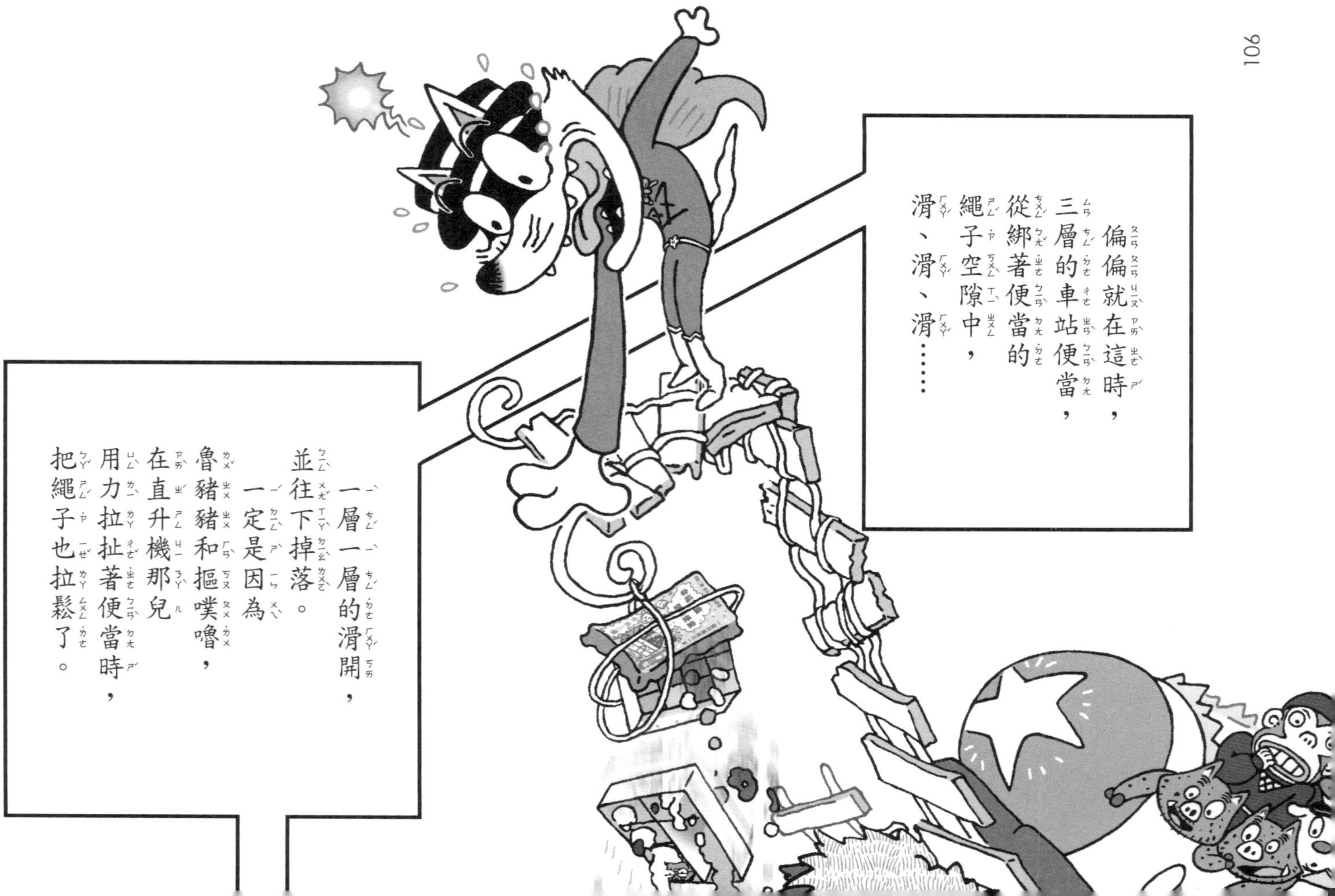
偏偏就在這時，三層的車站便當，從綁著便當的繩子空隙中，滑、滑、滑……
一層一層的滑開，並往下掉落。一定是因為魯豬豬和摳噗嚕，在直升機那兒用力拉扯著便當時，把繩子也拉鬆了。

三層便當盒轉哪轉的向下掉時，色彩繽紛的飯、配菜與甜點灑了出來，在空中四散飛舞。
佐羅力只能眼睜睜看著那些美食，像下雨似的落入海中。
哇——好可惜喔。
快撿起來吃掉啊。
哎呀，竟然沒有接到起司漢堡。
啪嚓
啪嚓
啪嚓
啪嚓

由於發生了列車意外事件，警察到場後一定會有一堆麻煩事，所以佐羅力他們立刻離開現場，前往附近的海水浴場。
老虎和鼠帝吃完了車站便當後，好像還很悠閒的睡了一個午覺。意外發生後，他們一副狀況外的模樣跑來問我：「發生了什麼事啊？」真是的，本大爺可是你們的救命恩人耶！
嘖。
我身上剩下的七十五元，正好用來買一份二十五元的炒麵三盒。啊，對了，佐羅力大師，噗嚕嚕和摳噗嚕還抱怨說：「雖然吃到了那個車站便當，但是鹹死了，好難吃。」
因為他們吃下的東西是從海裡撈上來的吧。如果是原版的車站便當，一定非常好吃，真是可惜啊可惜。

多多少少也要感謝我一下啊。
雖然我不知道那個車站便當到底有多好吃，不過，像這樣和大家一起吃著炒麵，這滋味，我覺得才是全世界最棒的。
噢，伊豬豬說得真好，吃東西也是吃氣氛哪。我們三人可以一邊欣賞著美麗的夕陽，一邊平安無事的吃著炒麵，多麼幸福啊。這真是什麼都比不上的美食呢，嘻嘻呵呵。
接下來，佐羅力他們將在這裡待上兩、三天，好好享受海水浴場的樂趣，再展開原本的旅程。

的作法與有趣的玩法
祕密設計呢？

哪裡
where
那裡
這裡

⑤ 步驟④剪下的四張圖，根據其內側的圖形，以●和●、▲和▲、■和■、★和★兩兩成對的方式，將其邊緣與邊緣對齊接合，用膠帶黏成一長條。

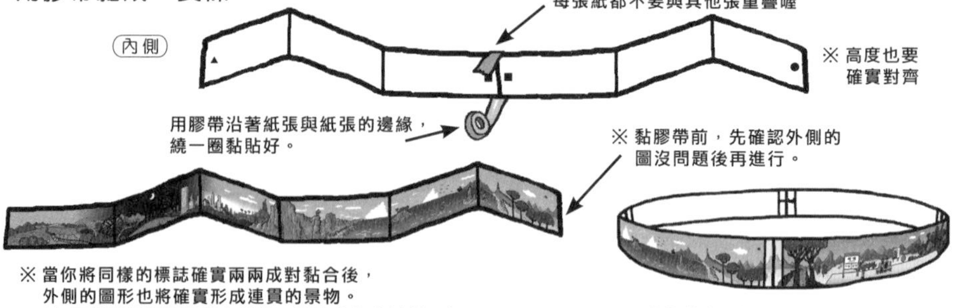

每張紙都不要與其他張重疊喔
內側
※ 高度也要確實對齊
用膠帶沿著紙張與紙張的邊緣，繞一圈黏貼好。
※ 黏膠帶前，先確認外側的圖沒問題後再進行。

※ 當你將同樣的標誌確實兩兩成對黏合後，外側的圖形也將確實形成連貫的景物。（如果標誌配對錯誤黏上膠帶，景物將無法連貫。）

全部接在一起，便形成一個紙環。

⑥ 如下圖，將步驟⑤做好的紙環，插入於步驟③做好的厚紙卡內側。為了不讓紙環凸出來，要插至將紙環整個蓋住的程度，這樣就完成了！

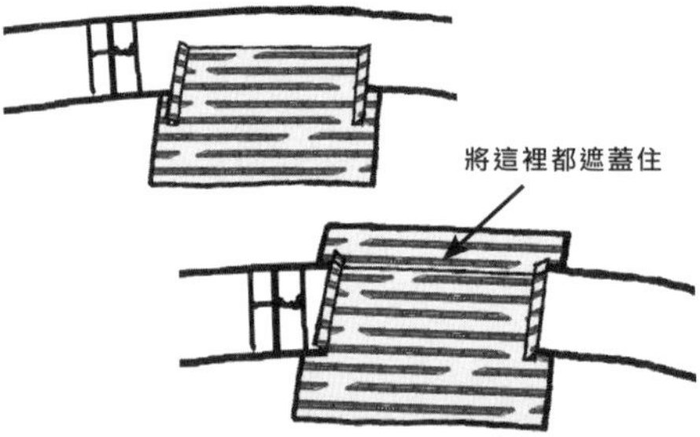

將這裡都遮蓋住

玩　法

將紙環轉哪轉的，車窗的風景就會產生變化。請和佐羅力他們一起享受車窗之旅吧。

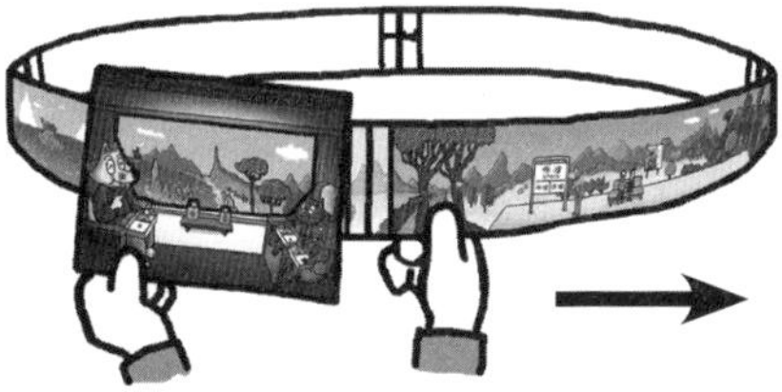

書衣有什麼祕密設計呢？

其實，老虎他們這些壞蛋，正藏身在書衣的圖中喔！你也發現到了嗎？

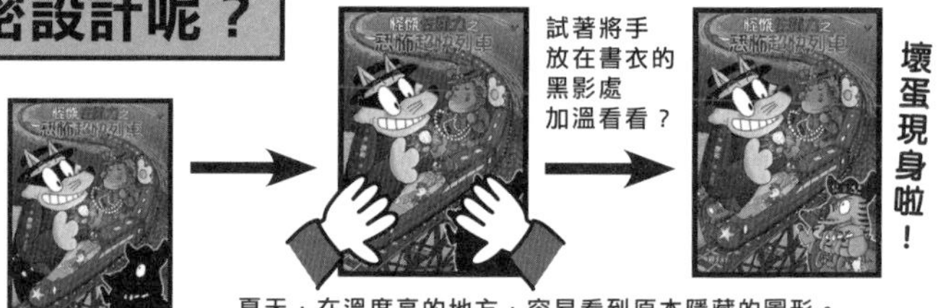

試著將手放在書衣的黑影處加溫看看？
壞蛋現身啦！

夏天，在溫度高的地方，容易看到原本隱藏的圖形。如果因溫度下降而看不到，請再試一次唷。

※個人的體溫高低不盡相同，無法順利看到時，可試著在雙手與書衣間放上暖暖包等物品來加溫。

（千萬不能點火喔！）

一起和佐羅力展開 車窗之旅
這本書的書衣上有什麼

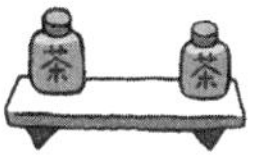

製作方法

請大家用這本書後面所附的厚紙卡，
來製作好玩的「車窗之旅」。

所有的虛線、折線和黏貼處，都畫在紙張的內側。

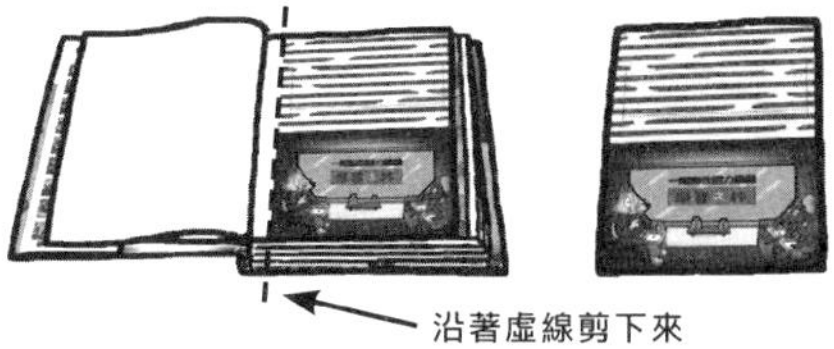

沿著虛線剪下來

① 翻到本書後面所附的厚紙卡，
沿著供裁切用的虛線，
剪下厚紙卡。

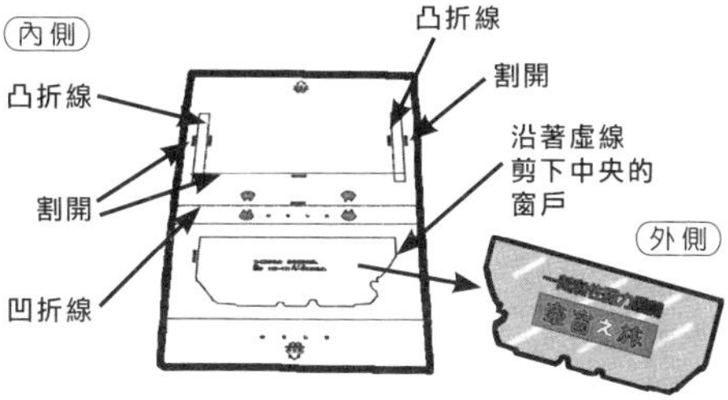

內側
凸折線
割開
凸折線
割開
沿著虛線
剪下中央的
窗戶
外側
凹折線

一樣沿著虛線，
剪下下方中央的窗戶。
接著，沿著寫有「割開」字樣、
及供割開用的虛線，
慢慢割開。

② 沿著凸折線往外折，再沿著
厚紙卡中央的凹折線往內折，
讓整張紙變成兩半。

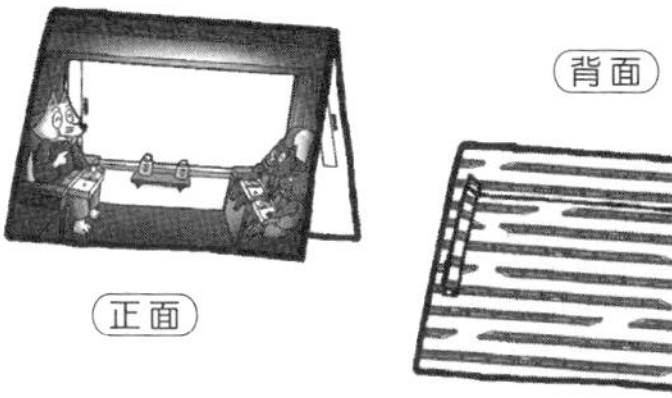

背面
正面

③ 在黏貼處塗上膠水，將有和的地方重疊黏在一起，有和的地方，也重疊黏在一起，
並用力重壓，直到兩邊黏牢為止。

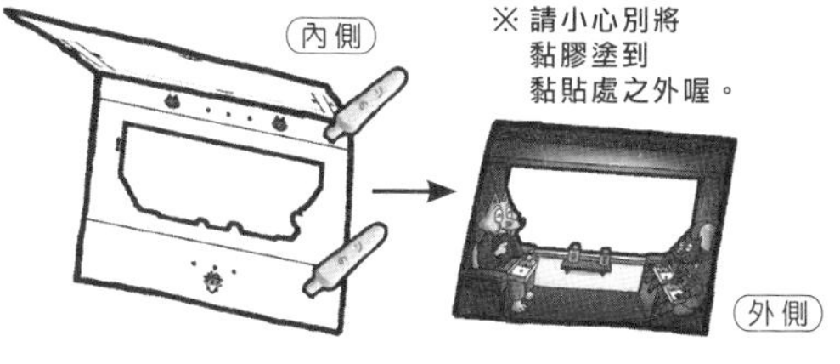

內側
※ 請小心別將
黏膠塗到
黏貼處之外喔。
外側

④ 將附在書本後面折成三折的拉頁，
沿著虛線剪下來。

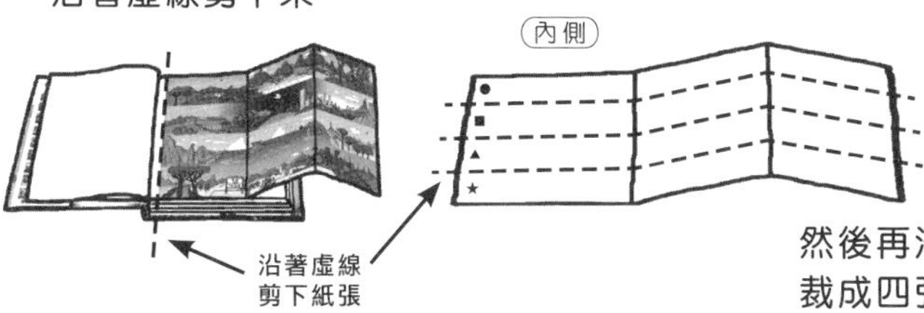

內側
沿著虛線
剪下紙張

然後再沿著虛線，
裁成四張長條的風景圖。

作者簡介

原裕 Yutaka Hara

一九五三年出生於日本熊本縣，一九七四年獲得KFS創作比賽「講談社兒童圖書獎」，主要作品有《小小的森林》、《手套火箭的宇宙探險》、《寶貝木屐》、《小噗出門買東西》、《我也能變得和爸爸一樣嗎？》、【輕飄飄的巧克力島】系列、【膽小的鬼怪】系列、【菠菜人】系列、【怪傑佐羅力】系列、【鬼怪尤太】系列、【魔法的禮物】系列等。

譯者簡介

周姚萍

兒童文學創作者、譯者。著有《我的名字叫希望》、《山城之夏》、《妖精老屋》、《魔法豬鼻子》等作品。譯有《大頭妹》、《四個第一次》、《班上養了一頭牛》、《那記憶中如神話般的時光》等書籍。曾獲「行政院新聞局金鼎獎優良圖書推薦獎」、「聯合報讀書人最佳童書獎」、「幼獅青少年文學獎」、「國立編譯館優良漫畫編寫」、「九歌年度童話獎」、「好書大家讀年度好書」、「小綠芽獎」等獎項。

國家圖書館出版品預行編目資料

怪傑佐羅力之恐怖超快列車
原裕 文、圖；周姚萍 譯 --
第一版. -- 台北市：親子天下, 2017.03
110 面 ;14.9x21公分. --（怪傑佐羅力系列；42）
譯自：かいけつゾロリ　きょうふのちょうとっきゅう

ISBN　978-986-93918-6-3（精裝）
861.59　　105023932

怪傑佐羅力之恐怖超快列車

怪傑佐羅力系列 42

作者｜原裕（Yutaka Hara）
譯者｜周姚萍
責任編輯｜陳毓書、余佩雯
美術設計｜蕭雅慧
行銷企劃｜陳詩茵

天下雜誌群創辦人｜殷允芃
董事長兼執行長｜何琦瑜
兒童產品事業群
副總經理｜林彥傑
總編輯｜林欣靜
主編｜陳毓書
版權主任｜何晨瑋、黃微真

出版者｜親子天下股份有限公司
地址｜台北市 104 建國北路一段 96 號 4 樓
電話｜（02）2509-2800
傳真｜（02）2509-2462
網址｜www.parenting.com.tw
讀者服務專線｜（02）2662-0332
週一～週五：09:00～17:30
讀者服務傳真｜（02）2662-6048

客服信箱｜parenting@cw.com.tw
法律顧問｜台英國際商務法律事務所・羅明通律師
製版印刷｜中原造像股份有限公司
總經銷｜大和圖書有限公司
電話｜（02）8990-2588

出版日期｜2017 年 3 月第一版第一次印行
2022 年 10 月第一版第十九次印行
定價｜300 元
書號｜BKKCH010P
ISBN｜978-986-93918-6-3（精裝）

訂購服務
親子天下 Shopping｜shopping.parenting.com.tw
海外・大量訂購｜parenting@cw.com.tw
書香花園｜台北市建國北路二段 6 巷 11 號
電話｜（02）2506-1635
劃撥帳號｜50331356 親子天下股份有限公司

作者 原裕
沒錯沒錯，當佐羅力離開列車時，我忘了寫出他與大個子他們的這些對話。
嘿，掰掰，下次見囉。
等等。本大爺有件事一定要對大個子說才行。
什麼事？
嗯，如果要在這裡細說從頭的話，這些小格子根本就不夠用。對了！這樣吧，你把這本書好好讀一讀，就會一清二楚啦。
佐羅力將一本書交給大個子後，就帶著伊豬豬和魯豬豬，朝著海水浴場的方向出發了。